おっさん、勇者と魔王を拾う

チョコカレー

イラスト miyo.N

TOブックス

CONTENTS

目次

イラスト：miyo.N
デザイン：福田　功

第一章　二人の娘

冒険者ギルドというのは、主に依頼を受けたりして仕事をこなす組織である。試験に合格すれば誰でもなれるお手軽な職業であり、依頼も選別さえすればリスクを少なくして達成する事が出来る。小遣い稼ぎにも丁度良い、正に子供の憧れの職業である。

だが、どんな物にも寿命はある。通常冒険者は誰でもなれるのが売りだが、それはあくまでも表向き。中には向いていない者や、能力的に不可能な者も居る。その中の一つとして、寿命と言うものがあった。

冒険者は主に十代や二十代の者が一番多い。それが全盛期だからだ。もちろん三十代になってからも冒険者を続ける者は居るし、四十、五十になっても未だ衰えない強者の冒険者も居る。だがそれはほんの一握り。大抵は年齢で仕事の継続が不可能になった人間は、ギルドから戦力外通告を言い渡される。

「大変申し上げにくいですが、アレンさん。貴方はもう冒険者を続けるのは荷が重いと思われます」

カウンターに座りながらギルドの職員が言いにくそうな表情を浮かべてそう言う。それを聞いて無精髭《ぶしょうひげ》を生やした男性、アレンもバツの悪い表情を浮かべた。

三十代後半になってから大抵の人はギルドを自主的に辞めるか、こうやって戦力外通告を言い渡されて辞めさせられる。だがそういう人達は大抵冒険をしたかったら冒険者をやっていたり、副業として冒険者をやっていたりする一般人の為、大した問題にはならない。問題なのは、アレンみたいな冒険者一筋にやって来た人間だ。

「そうか……」

「アレンさんの活躍は本当に素晴らしいのですが……年齢的に体力も衰えて来ていますし、現場でも苦戦されていると聞きます。これ以上の継続は貴方の為にもならないと言うのが上の判断です」

現在三十代後半のアレン。もうすぐ四十を迎える。冒険者を続けて行こうと思えばまだ行けるが、日に日に体力は落ちていくばかり。これ以上依頼を受け続けていては、いずれ死ぬ可能性もある。ギルドの上層部もそのような事は起こって欲しくないのだろう。冒険者は常に命の危険の瀬戸際だが、だからこそ現場で冒険者が死亡するという状況は極力作ってはならない。周りからのイメージも考慮してむしろその辺の事は敏感になっている。だから年長者のアレンがヘマをして死んでもらっては困るのだ。

戦力外通告を伝え終わった職員は手を合わせながらアレンの答えを待っていた。非常に複雑そうな表情を浮かべており、むしろ気を遣わせてしまってアレンまで悲しい気持ちになって来る。

答えなどもうアレンは分かっていた。我儘《わがまま》を言って冒険者を続けようとすれば、確実に仕事先で自分は死ぬ。自分が組んでいたパーティーでも足を引っ張ってばかりだったし、ここらが潮時なのだ。

そう判断し、アレンは職員の人に頭を下げて今まで世話になったと伝えた。

冒険者ギルドでは退職しても退職金が出るような事はない。

そもそも冒険者ギルドと言う組織は正式な物ではなく、根本はまだ魔王が居た時代に戦力不足を感じた国によって非正規雇用として臨時的に作られた組織であった。今あるギルドはその名残だ。だからボランティアの一つとして捉えられていて、退職金が出る事はない。

幸いアレンは今までの報酬金をこつこつ貯金して来た為、すぐに金に困るような事はない。しばらくは故郷の村で静かに暮らすのが良いだろう。そう考えを纏《まと》めて荷造りをさっさと済まし、彼はこの王都から立ち去る事にした。その途中、つい先日までパーティーを組んでいた人達とすれ違った。

「あれ～？　アレンさんじゃないっすか」

向こうもアレンの事に気が付き、リーダー格である青年が話しかけて来た。

程ほどに鍛えられた筋肉に高い身長、体内からは魔力も感じられる。若いっていうのは本当に良いな、とついつい彼の事を見てアレンはそんな感傷に浸ってしまう。

「その恰好、もしかしてギルド辞めるんすか？」

「ああ、今まで世話になったな」

「いや～、確かにアレンさん最近パーティーでも足引っ張ってたし、キツそうだったっすからね。辞めて賢明なんじゃないんすか？」

青年はストレートに言って来る。そこまで直球で言わなくても良いだろう。アレンは顔を顰《しか》めたのだが、やはりこれが現実なのだと痛感させられた。

彼らはこの辺りは有名なパーティーで、まだヒヨッ子だった頃にアレンが面倒を見る形でパーティーに入った。その頃から彼らの目まぐるしい活躍を見せられてきた。そしてアレンは悟ったのだ。ああ、これが世代交代ってやつなのかと。

「まぁ心配しないでくださいよ。アレンさんが抜けた後でも俺らはしっかりやっていきますから」

「そうだな……お前らなら大丈夫だろ」

事実であろう。彼らには最早自分は必要ない。こんなおっさんよりも他にパーティーを組める冒険者はいくらでも居るし、彼らだけでも十分事足りるはずだ。だからアレンも何の心配もしていない。後腐れなくこの街から離れる事が出来る。

「じゃ、さよならっす。田舎でも元気で」

青年はそれだけ言うとさっさとアレンの前から立ち去った。後に続いて他のメンバー達も追い掛ける。するとアレンの前を通り過ぎた白いローブを羽織った一人の少女が立ち止まり、アレンの方を見て来た。確か見習いの魔導士で、アレンも色々と魔法の事を教えたりしていた子だ。そんな彼女はおずおずと肩を竦めながらアレンに頭を下げて来た。

「あの……今までお世話になりました」

彼女はそう言うと慌てて青年達の後を追った。

今の子にしては随分と礼儀を弁《わきま》えている。パーティーの中でも一番大人しくて言う事を聞く良い子だった。ああいう子が将来大魔導士とかになるんだろうな。そんな事を思ってしまうのはやはり自分がおっさんになったからだろうか、とアレンは苦笑した。

「さて……行くか」

アレンは荷物を背負い直し、今度こそこの街から出る為に歩き出した。

故郷の村に行くには途中まで馬車を使って行く。流石に歩きで行ったら何週間も掛かってしまうので、途中で休憩を挟み、最後は土地勘もあるので歩きで行く事にした。幸い盗賊や魔物に襲われるような事もなく、馬車での移動は無事終わった。そして懐かしい山道を歩きながらアレンは村へと向かう。

「ふぅ、この辺りの道も懐かしいな……昔は村を出て森でよく遊んだっけか」

ついつい昔の事を思い出してしまう。あの頃は良かった。森の中に入って迷子になるとか、そんな事を全然気にせず無我夢中で遊んだものだった。何より懐かしいのは有り余る体力があった事だ。あの時はどれだけ遊び続けても疲れなかった。今ではダンジョンに潜っただけで息切れをしてしまう程だが。アレンは懐かしく思いながら歩みを進めた。

「何年振りかな……」

荷物を背負い直し、大きく深呼吸をしてからアレンはそう呟《つぶや》く。

村を出たのは確か青年くらいの時か。あの時はこんな田舎で一生を終えたくないと思って村を飛び出したが、今となってはその村に早く帰りたいと思うようになっている。全く人間の人生とは不思議なものだ。子供の頃はあれだけ前へ前へと進みたがっていたのに、今はただ何処かで静かに暮らしたいと願っている。

アレンはそんな考えに浸っていると、ふと妙な感覚を感じ取って足を止めた。

「……ん？」

魔物の気配ではなく、かと言って獣の気配でもない弱々しい気配。それを感じ取ったアレンは一応警戒して荷物を下ろし、腰にある剣を引き抜いた。

冒険者ギルドを退職したアレンだが魔物を倒せない程弱くなった訳ではない。むしろアレンにはそこらの冒険者よりは強い自信がある。問題なのは体力がないのと、年齢的に長時間の戦闘が不可能という事だ。

ギルドの依頼には重要人物の護衛やダンジョンの探索と言った長時間掛かる依頼などがある為、アレンが辞めさせられたのはそういう理由である。だが魔物の数匹程度ならさっさと掃除出来る。彼は警戒しながら気配のする方向へと足を進めた。すると丁度木の根元の所に籠《かご》が置いてあった。それにゆっくりと近づくと、なんと籠の中には赤ん坊が入っていた。

「赤ん坊……？　何でこんな森の中に……？」

まだ生まれて何か月か、小さな赤ん坊がそこには居た。あまりの事態にアレンは思わず頭を抱える。

何故こんな森の中に赤ん坊が居るのか？　捨て子か？　だからってこの道は故郷の村に続くだけの道。人など行商人くらいしか通らない。つまりわざわざ赤ん坊を捨てる為にここにやって来る人など居ないはずなのだ。だが籠が用意されていたり、中は丁寧《ていねい》に布が収められている。明らかに人が行った形跡が残っている。何か妙だ。アレンは眉間《みけん》にしわを寄せた。

「あー……あぁー」

「おお、よしよし」

ふと赤ん坊と目線が合い、急に声を上げ始めた。慌ててアレンは赤ん坊の傍に寄り、大丈夫だと言い聞かせると笑顔を向けた。何故自分がこんな事をしなくてはならないのか……？　見習い冒険者の世話なら何度かした事があるが、こんな赤ん坊の世話なんて一度もした事がない。アレンは困惑しながらも必死に赤ん坊をあやした。

「とりあえず村に連れて行くか……こんな所に居てはいつ魔物に襲われるか分からないからな……」

アレンはそう呟き、ひとまず赤ん坊を村に連れて行く事にした。村なら誰か面倒を見てくれる人が居るかも知れない。だがやはり疑問は残る。何故赤ん坊をこんな森の中に置いて行った？　この場所には然程《さほど》危険ではないが子供が襲われればひとたまりもない魔物が徘徊《はいかい》している。赤ん坊に愛情がなかったのか……それだったらわざわざこんな籠を用意するのも妙である……やはり分からない。アレンがそんな疑問に首を傾げていると、赤ん坊の手の甲に何かアザのような物がある事に気が付いた。

「ん？　なんだこれ……」

それをよく見ようと赤ん坊の小さな手を取ると、幸い赤ん坊はアレンの事が怖くないのか泣き出すような事も無く、簡単に手を見せてくれた。そして手の甲にあるアザをまじまじと確認する。剣のような独特の形をしたアザ。アレンはどこかで見た事があるような気がし、首を傾げる。

「ふむ……なんか〈勇者の紋章〉と似ているな……まぁ偶然だろう」

どこで見たかを思い出し、アレンは頷《うなず》いて納得する。

そうだ、これは確か歴史の本で読んだ時に出て来た〈勇者の紋章〉だ。かつては魔王に対抗出来る唯一の人間として、特別な能力を授かって生まれる選ばれた子供として言い伝えられていた。この紋章が出るのは勇者の血族だけらしいが、その勇者の血族はもう居ない。最後の勇者は命を懸けて魔王と相打ちとなり、世界は平和を取り戻したのだ。それ以来勇者も魔王も一度も現れた事がない。最早伝説上の出来事だ。だからこのアザもただのアザだろう。アレンはそう解釈した。

「そう言えば魔王も同じように紋章があるんだっけか。確かそっちは翼のような紋章だとか……」

ふとアレンは歴史の本に載っていた〈魔王の紋章〉についての事も思い出す。何でも魔王と勇者は相反する存在らしく、性質は正反対ながら似ている存在らしい。その為魔王も魔王の血族の中から紋章が現れるらしく、その者は強大な魔力と圧倒的な魔法力を持っているらしい。

「……ん？」

そんな事をのんきに考えていると、アレンは再び妙な気配を感じ取った。今度のは強い魔力を持った気配。魔物の中には魔力を持った者も居る為、もしかしたら敵かも知れない。そう考えたアレンは下ろしてた剣を手に取り、赤ん坊を抱えながらその方向に向かった。するとそこには────。

「……おいおい、またかよ」

今度は岩の陰の所に籠が置かれていた。まさかと思ってアレンがゆっくりと近づき中を確認すると、案の定赤ん坊が入っていた。まさかの二人目の捨て子にアレンは世の中はどうなってしまったのかと頭が混乱した。ギルドで依頼ばっかり受けていたせいで外の情報など全然聞いていなかったが、まさか今は子供の疫病が流行っているとかそういうのなのか？　もうおっさんには分からん、と嘆いた。

「あー……あぁー……」

「何で二人も赤ん坊が森に……はぁ、とにかく村に連れて行くか……ん？」

こうなっては仕方ないと頭を切り替え、アレンは二人を責任を持って村へ連れて行く事にする。そう思って籠の中に居る赤ん坊に手を伸ばすと、その子の手の甲にもアザがある事に気が付いた。翼のような形をしたアザ……何だか〈魔王の紋章〉にも似ている気がするが、まぁ気のせいだろうとアレンは気にしない。

「〈魔王の紋章〉に似てる……変な偶然もあるもんだ……」

こうしてアレンは二人の赤ん坊を抱えながら村へと戻る事になった。道中意外と赤ん坊って重いんだと感じ、息を切らしながらアレンは歩き続けた。そしてようやく念願の村に辿り着くと、数年ぶりに戻って来たアレンが赤ん坊を二人も連れて戻って来た事で大騒ぎになってしまった。

数年振りにアレンが戻った村は昔と何も変わっていなかった。元々辺境の山の中にある村だから外界との接触も少ない為、独自の文化だけで形成されたその場所が大きな変化を迎える事はそうそう無いのだ。という訳で彼もまた昔使っていた家にまた住む事になった。村人達も久しぶりにアレンが帰って来た事に喜んだ。皆アレンと同じく歳をとっていたけれども。爺さんだった村長がまだ生きていたのはアレンもビックリだ。と言う訳でアレンはまた昔のように山の中で生活を始める事になったのだが……昔とはちょっとだけ違う部分があった。

「父さん！　もう一本！」

「おいおい、まだやるのか……？」

　ブロンドの髪を長く伸ばして後ろでポニーテールに纏め、綺麗な金色の瞳をした少女。長いまつ毛に幼いながらも容姿はパーツの一つ一つが整っており、将来美人になるであろう事が予想される。彼女の名はリーシャ。アレンが最初に拾った赤ん坊。今はアレンの娘という事で育てており、村人達も本当にアレンの娘だと思っている。というかアレンが村に戻った時あまりの騒ぎになってしまい、否定する暇《ひま》もなく結局流れで彼が育てる事になってしまったのだ。

　そんな訳でリーシャ達との暮らしが始まり早八年。八歳になったリーシャはどういう訳か剣術に目覚め、アレンに教えを乞うようになっていた。庭で剣の稽古《けいこ》をしていたのを偶然見られて以来、彼女は剣にハマり始めたのだ。最初は子供が単純に遊びたいだけなのかと思ってアレンは軽く教えていたが、これが驚くべき事にリーシャは凄まじい程に剣の才能を持っていた。僅か八歳にもかかわらずアレンに迫る剣技を見せてくる。単純に自分が老いで弱くなっているだけかも知れないが。

「少しは休憩しよう、リーシャ。俺はもう疲れたよ……」

「やだ！　父さんに勝つまでやる!!」

それからと言うものアレン達は毎日庭で剣の打ち合いをしているのだが、元気が有り余っているリーシャは何度もアレンに挑戦して来た。身長や体格の差などものともせず、鋭い剣技でアレンを倒そうとしてくるのだ。そうなると彼も流石に八歳の子供に負ける訳にはいかない為、手を抜かずにきちんと戦う。すると当然アレンが勝つ訳なのだが、リーシャは悔しがって何度も挑戦して来るのだ。やはり〈勇者の紋章〉っぽいアザを持ってるだけあって才能は凄まじいなとアレンは思う。

「って言ってももう二十戦はしてるぞ？　俺はもう足がパンパンで動けん」

「ん～……分かった。その代わり明日も特訓してよ？」

「ああ、分かってる。約束だ」

流石に二十戦連続でするとアレンの体力も限界が近かった。ただでさえギルドを辞める頃に体力の衰えを感じ、それから八年も経ってるのだ。子供相手でも疲れてしまうのだから、おっさんだという事が痛感させられる。

アレンはその場にゴロンと腰を下ろした。足の疲れが一気に広がってくる。リーシャは疲れていないのだろうかと思って見てみると、彼女は笑いながらアレンと同じ目線で見つめて来た。

「はぁ～……やれやれ、リーシャは疲れてないのかい？」

「全然！　剣を振るうの楽しいし、面白いもん」

「そうかい……リーシャは将来きっと剣の達人になるだろうね」

「うん！　いつか父さんを超えるんだから！」

リーシャは剣が大好きだ。だからきっと素晴らしい剣士になる。アレンがそう伝えると彼女は満面の笑みでそう返して来た。きっと自分の事などすぐに超えてしまうだろう。後数年もすれば冒険者にだってなれる。リーシャにはそれくらいの才能があった。少し羨《うらや》ましいなとアレンは思う。子供の頃からこれだけの才能を発揮しているのは正に天才と称すべき存在だ。ただ同時に自分の事のように嬉しいとも思える。今はリーシャ達の成長を見ているのがアレンにとって一番の幸せなのだ。

「リーシャならすぐ俺を超える事が出来るよ」

「無理だよー。だって父さん、剣も上手いし、魔法も使えるじゃん！　私はルナみたいに上手に魔法使えないもん」

持っている木剣の剣先を地面に当ててクルクル回しながらリーシャはそう言う。その声は少しだけ羨ましそうだった。

確かにリーシャは剣の才能は凄まじいが、魔法の才能はそれ程でもない。というのも使えない訳ではないし、剣の才能があまりにも飛び抜けているだけなのだが。妹のルナと比べてしまうと彼女はどうしても劣っていると思ってしまうのだろう。同時に剣と魔法を使えるアレンの事も憧れの対象で見てくる。そんなの王都に行けば両方使える人間など幾らでも居るし、珍しくはない。というかそういう人物は器用貧乏の為、一点特化の方が重宝されるのが現実なんだがなとアレンはこっそり心の中で呟いた。

「俺は冒険者だった頃にちょっと魔法を齧《かじ》ってたからな。人より長くやってるから程ほどに使えるだけさ」

アレンが魔法を覚えたのはダンジョンに潜ってる時に剣だけでは限界を感じ、応急処置として魔法を使用していただけだ。もしも〈本物の冒険者〉なら剣だけでも問題なかっただろう。リーシャみたいな剣の才能を持つ者ならそんな限界も難なく突破する。結局は自分は凡人だったという訳だ。アレンはそう考えていた。

（……冒険者、か）

ふいにアレンは自分のゴツゴツの手を見つめ、握り締めた。

自分が冒険者だった頃の事がつい最近の事のように思える。冒険者を辞めてからもう八年も経っているのか。時間の経ちようは全く早いものだ。

別に未練がある訳ではない。今の生活には満足だし。娘達の成長を見ているのは楽しい。少なからず冒険者だった頃の自分の技術と知識が役立ってくれているのも嬉しいし。きっとこの子達ならすぐに立派な人間になる。冒険者だって、何だってなれるだろう。アレンはそう感慨深く思った。

「父さん？　どうかしたの？」

「ん……ああいや、何でもないよ。ちょっと昔を思い出してただけさ」

ふとリーシャに心配そうに声を掛けられる。彼女は顔を下げて自分の事を覗《のぞ》き込むような体勢を取っていた。アレンは心配を掛けないよう笑みを浮かべて返事をする。

ついつい感傷的になってしまった。最近はこればっかりだ。やはり未練がないとか言っておきながら実は未練があるのだろうか？　自分の事はよく分からん。アレンは反省するように頭を掻いた。

「昔って、父さんが冒険者だった頃の事？」

「うん……まぁな」

「父さんって凄腕の冒険者だったんでしょ？　良いなー、私も冒険者になってみたい」

「凄腕じゃない。長く冒険者をやっていたから少しだけ有名だっただけだ。結局は歳で辞めたんだからな……まぁ、リーシャならすぐなれるよ。冒険者にでもなんにでも」

リーシャ達にも時々自分が冒険者だった頃の事を話している。主にリーシャが聞きたがっているだけなのだが、アレン自身の事はそこまで語らず、冒険者がどういうものなのか、どんな依頼があるのかとかを教えただけだ。リーシャは凄く興味のある顔で聞いていたが、ルナはちょっとだけ怖がっていた。あの子はちょっと怖がりだから。

「さ、そろそろ家に戻るぞ。ルナも一人で寂しがってるはずだ」

「うん！　そうだね」

話をしている内にアレンの体力も戻り、彼は起き上がって家に戻る事にした。リーシャもそれに賛成し、アレン達は家へと戻る為に歩き出した。彼女は少し速足でアレンよりも先を歩く。ブロンドの髪を揺らしながらちょこちょこと先を歩いて行く姿は微笑ましい。リーシャは成長が早い為、背もその内自分を抜くかも知れない。いや、自分も背はそこそこあるからそれは無いか。というか娘に見下ろされるような状況はあって欲しくないとアレンは願った。

村に住み始めてから他に変わった事と言えばアレンはよく読書をするようになった。時には新聞だったりよく分からん古文書だったりとかだが、冒険者のように依頼を受けなくなってからは無性に字が読みたくなったのだ。それ以来アレンは村の人達の本を借りたり、時折やって来る商人から本を売ってもらったりしていた。そのおかげでアレンの寝室はちょっとした図書館になっていた。

「……ふぅん。預言者曰《いわ》く再びこの世に魔王が現れ、そして希望の星である勇者もまた目覚める、ねぇ……その割には世界は平和だな」

今日はアレンは椅子に座りながら新聞を読んでいた。王都と違って当然山の中の村では新聞などそうそう手に入らないが、時折やって来る商人が新聞を持っていたりするのだ。数日前のだったりするが、それでも今は外の情報を知れるのは嬉しい。アレンはそれを譲ってもらい、時折こうして目を通していた。

そして数週間前の新聞曰く、王都の預言者によって再び世に魔王が目覚めるという不吉な報せがあったらしい。同時に勇者も目覚めるらしいが……中々世界に異変は起こらない。この預言は丁度アレンがリーシャとルナを拾った八年前から言われていた事だが……全く預言というのはアテにならないものだ。何年か前も世界の終わりがやって来るー、とか言うナントカ文明の預言が噂《うわさ》されていたが、結局それも起きなかった。やはり占いは信用出来ないな。アレンは小さくため息を吐きながら新聞を机の上に置いた。

「やれやれ、嘘《うそ》っぽい話ばかりだな……もっと面白い報せはないのか……ん？」

大体の本は読んでしまった為今は新しい事が書かれている新聞を読むのがアレンの趣味

なのだが、こうも嘘ばかりではつまらない。そんな不満を抱いていると彼は背後から気配を感じ取った。長年冒険者をやっていたから気配を感じ取るのは得意だ。ダンジョンの中ではいつどこから魔物が現れるか分からなかったから。おかげで背後を人に取られる事は無くなった。ただ、今回は別に警戒する必要は無さそうだ。アレンは顔を後ろにゆっくりと向け、その人物に優しく話し掛けた。

「どうかしたのかい？　ルナ」

「……お父さん」

部屋の扉の所に立っていたのは娘のルナであった。アレンが拾った二人目の赤ん坊。手の甲に〈魔王の紋章〉とよく似た翼のようなアザを持つ少女。

ルナはリーシャと対照的にとても大人しい子だ。見た目も漆黒のように黒い髪を肩まで伸ばし、同じく真っ黒な瞳をしている。ちょっと垂れ目で弱々しい顔つきをしており、大人しい性格から病弱なイメージがあるが。健康でしっかりとした子だ。どちらかと言うと可愛らしい小動物のような印象と言えるだろう。彼女は扉の前で恥ずかしがるようにもじもじと手を動かしながらアレンに上目遣いで視線を向けて来た。

「また、魔法教えて……？」

「ああ、そう言えば約束していたね。分かった、教えてあげよう。おいで」

リーシャが剣を好きなように、ルナもまた魔法が好きだ。しかもその才能は我流で魔法を覚えたアレンでも分かる程目を見張る物で、恐らく賢者や大魔導士レベルの魔法力であった。単純に言ってしまえば教えた魔法をすぐに理解し、使えるようになるのだ。通常は一つの魔法を覚えるのに長い年月を掛けるものである。初級魔法だってその日に使えるような事はない。魔法とはそういう世界なのだ。なのにルナはその常識を覆《くつがえ》すように次々と魔法を習得していった。

「今日は何の魔法が知りたい？」

「治癒《ちゆ》魔法……リーシャが怪我した時とかに、使えるようにしときたい」

「ああなるほど、ルナは優しいな」

部屋に招き入れ、互いに床に座りながらアレン達は向かい合う。どうやらいつも特訓で擦り傷ばかりになって帰ってくるリーシャの事が心配だったらしい。確かに女の子が顔に傷を作ったりしたら大変だ。アレンも加減はしているが手を抜く事は出来ず、どうしてもリーシャとの打ち合いでは傷が出来てしまう事がある。彼女は気にしないどころかそれを誇りに思っているが、ルナのような反応が一般的な女の子のものだろう。

「治癒魔法は便利だ。対象者の体力を変換させて治癒能力を大幅に底上げし、一瞬で傷を治す事が出来る。俺も冒険者の時はよくお世話になったよ」

治癒魔法は便利な魔法として重宝されている。通常は覚えるのが中々難しいのだが、逆に覚えてしまえば一気に戦闘が楽になる上、魔法は使えば使う程技術が昇華する事から冒険者みたいな日々傷が絶えない者とは非常に相性が良い。パーティーを組むなら一人はこの治癒魔法を覚えている者が良いと定番になる程だ。アレンも昔はこの鍛え上げた治癒魔法でパーティー内ではそこそこ頼りにされていたんだが……すぐに別の仲間が治癒魔法を習得すると全く必要とされなくなってしまった。

「じゃぁまずは治癒魔法の基礎から教えようか。と言ってもルナならすぐ使えるようになると思うが……」

「よろしくお願いします」

早速アレンは治癒魔法の授業について始める事にする。ルナなら簡単に習得出来るだろうが、律儀な彼女は深々と頭を下げてから教えを乞うた。本当によく出来た子だ。アレンは頷いてから授業を始めた。

数分間教えた後、案の定ルナはもう治癒魔法を使いこなす事が出来るようになっていた。試しに枯れた花に使ってみたら、みるみるうちに綺麗な花に戻ったのだ。正直予想以上である。大抵の初心者なら治癒魔法のような高度な魔法は最初は不発に終わるはずなのだが、ルナは一発で成功してみせた。本当に素晴らしい才能を持つ子だとアレンは嬉しそうに顔を頷かせた。

「流石だなルナ、効力も完璧だ。治癒魔法を完璧に使いこなしてるよ」

「ううん、お父さんの教え方が上手だからだよ」

「俺の教え方なんで我流だぞ？　冒険者だった時にただがむしゃらに使い続けて覚えた魔法だからな」

ルナは気を遣って自分のおかげだと言ってくれるが、アレンの教え方など殆ど抽象的な物だ。自分の中にある力をこう手先に集めてぐわーっと使うといった、そんな程度の教え方である。正直アレン自身もルナが分かっているのかどうかは分からない。基礎だけは一応きちんと教えているが、ひょっとしたらルナならそれだけでも十分なのかも知れない。まぁたとえどんな教え方でもルナが凄い事は事実なのだ。過程などはどうでも良いだろうとアレンは勝手に納得した。

「……ねぇ、お父さん」

そんな事を考えているとふとルナがアレンに話しかけて来た。ハッとなって彼はルナの方を見る。ルナはどこか探り探りのような、こちらをうかがうような視線を向けて来た。いかんいかん、ぼーっとしていたからルナを心配させてしまっただろうか？　この子は怖がりな所もあるし、自分がしっかりしなければとアレンは気を引き締め直した。

「ん？　どうした？」

「その……お父さんはどうして、私とリーシャを連れてこの村に暮らすようになったの？　お父さんの実力なら、まだ全然冒険者でも通用すると思うんだけど……」

聞きづらそうな表情を浮かべて指をモジモジと動かしながらルナはそう聞いて来た。単純に子供として気になったのだろう。嬉しい事を言ってくれるが、残念ながら自分はギルドで戦力外通告を言い渡された身なのだ。現実はもっと厳しいという事だな。アレンは苦々しく笑った。

そしてルナが気にしている事はもっと別の事だろうとアレンは予測する。この村では自分は王都で冒険者をやっている間、リーシャとルナの二人の子供を作り、それで引退して村に戻って来たという事になっている。というかそういう風に解釈されてしまった。アレンもギルドに戦力外通告されたのを伝えるのが恥ずかしかった為、ろくに反論もせずそういう事になってしまったのだ。

そしてそこで疑問に浮かぶのが母親という存在だろう。一応周りは気を遣って質問しないでくれているが、実際の所はアレンも母親が誰なのか分からない。そもそも彼は二人の本当の父親ではないのだ。リーシャとルナには必要無いと思ってこの事は伝えていないが、いずれ伝えなければいけないかも知れない。心苦しいが……それでも今はまだ伝えなくて良いはずだ。準備が出来た時、二人が一人前になった時に伝えれば良い。そうしてアレンが面倒な事を後回しにした結果、村の中では彼は王都で色々あって子供二人を抱えて故郷に帰って来た訳ありおっさん、という何とも濃い人物になってしまっているのである。きっとリーシャだって本当は気になっているだろう。自分達の母親は誰なのかを。本当は二人も血が繋がった姉妹ではないのだが……とにかく、ルナはその事についてそれとなく聞き出そうとしているのだ。アレンはそう判断した上でどう答えるべきかと自身の髭を弄《いじ》りながら悩んだ。

「んー、まぁ歳だったのは事実だし、実際仕事に支障が出てたからな……それなら村に戻って畑を耕しながらのんびり暮らす方が良いんじゃないかと思って……」

結局無難にそう答えた。本当はギルドからクビ言い渡されてのこのこ帰って来た駄目おっさんだけど。許してくれルナ。おっさんにもおっさんなりの意地があるんだ。それにこういう答えの方が母親の事とかうやむやになりそうだし。とアレンは心の中で謝った。

「じゃぁ……未練はないの？　私達と暮らしてる方が、お父さんは楽しいの？」

「当たり前だろ、そんなの」

今度のルナの質問にはアレンはすぐに答えた。ルナ達と暮らしていて楽しいのは本当だ。毎日すくすく成長していく二人を見ているだけで彼は幸せな気持ちになる。これだけは本当だ。そう素直に言うと、ルナはちょっとだけ照れたような表情をしていた。

「そっか……私も、お父さん達と一緒に居るのが一番幸せ」

「ははは、そいつは良かった。さてと……それじゃ授業は終わりだ。そろそろお昼ご飯にするか。リーシャを呼んできてくれ。ルナ」

「うん」

そろそろ昼飯の時間だと気付き、アレン達はお昼ご飯にする事にした。リーシャを呼びに行ったルナはとてとてと部屋から出て行った。その後ろ姿を見ながらアレンはよっこらせと身体を起こした。


「よっこいせっと……うん、いい出来だ」

収穫の時期。畑の中で土だらけになりながらアレンは今年の収穫を確認する。引き抜いた野菜達を見つめ、しっかりと育っている事を確認して彼は喜んだ。

この分なら今年も大丈夫そうだ。リーシャとルナにも美味しい料理を食べさせてあげられる。まぁ二人の方が上手に料理出来るんだが。とアレンは思いながら笑って頬《ほお》を掻いた。

「よぅ、アレン。今年の収穫はどうだい？」

「ああ、良い調子だよ。ダン」

ふと声を掛けられる。振り向くとそこには村人の一人であるダンが居た。アレンと同年代で昔はよく一緒にやんちゃをしたものだ。今はすっかり自分と同じくおっさんになっている。ただ一つ違う点があるとしたら彼の下半身からは獣のような尻尾が生えているという事だろうか。

「匂いも新鮮で良い。今年はアタリかね？」

「相変わらず良い鼻してるな。そうだな、お前にも少しは分けてやるよ」

「がははは、そりゃ助かる」

獣人。一般的に彼らはそう呼ばれる。ダンは狼型の獣人だ。この村では人間以外に亜種族の者も何人か住んでいる。山の中にある村で外界との交流も少ない為、身を隠す為にはうってつけの場所なのだ。その為、昔流れ込んで来た亜種族の者がそのまま住みつき、ダンのようなその子孫が今もこの村では暮らしている。小さい頃は全然疑問に思っていなかったが、改めてこう考えると中々凄い村だな、ここはとアレンは改めて自分の出身地の事を考える。

「早いもんだな。お前が村に帰って来てからもう八年か……二人もガキを連れて帰って来た時は村中の奴が驚いてたな」

「ははは、そうだな……」

ポケットに手を突っ込みながらダンは懐かしむようにそう呟いた。

確かにあの時はかなりの騒ぎになったとアレンは懐かしむ。突然昔村を飛び出した青年が、おっさんになってしかも赤ん坊を二人も連れて戻って来たのだ。それは驚くに決まっている。本当は帰りの途中で拾っただけというのが真実なのだが。

「リーシャちゃんもルナちゃんもホントおっきくなったな。しかも二人共美人ときた。お前にゃもったいないくらいの子達だよ」

「その通りだよ。二人共本当に良い子だ」

からかう様にアレンの肩を叩きながらダンはそう言って来た。アレンもそれに笑いながら同意する。

二人は本当にアレンにはもったいないくらいよく出来た子供達だ。リーシャは剣術の才能を秘め、ルナは魔法の才能を秘めている。恐らくどちらも達人クラスになる力を持っている。本当に将来が楽しみだ。元冒険者だったからこそ、その期待は大きい。

「ところでよぉ……答え辛いなら良いんだが、二人の母親は誰なんだ？」

「……うん？」

ふと、いつものダンらしからぬ控え目な口調でそう尋ねて来た。

確かに母親が誰なのかは皆気になるだろう。皆気を遣って質問してこないが、ダンはもう大分時間が経ったから大丈夫だろうと判断して尋ねて来たのか。実際の所はアレンだって母親が誰なのかは知らないのだが。何故ならば拾った子供だから。だが今更それを説明するのも面倒だし、どうしたもんかと悩み、アレンは無造作に髭を弄る。

「んー……」

「いや、本当に答え辛いんなら良いんだぜ？　お前ってそういう事昔は全然だったし、きっと王都で色々あったんだろ？」

アレンが答えに悩んでいるとダンの方が気を遣ってそう言って来た。

ダンに気を遣わせてしまうとは……自分ももう少しマシな理由を考えておくべきだったかな。アレンは申し訳なさそうに頬を掻く。皆が気を遣ってくれるからついそれに甘えてしまった。

村でのアレンの印象はかなりの変わり者らしい。王都で冒険者として過ごしていただけでも十分彼らからしたら普通ではないのだ。それにアレンは幼い頃から一人で暮らしていた。剣の事や冒険者の事ばかり考えていた為、ちょっとだけ浮いた存在として見られていたのだ。単純に王都に行く事に憧れていただけなのだが……その結果アレンは王都で冒険者として過ごしている間に、件《くだん》の女性と色々あったんだと周りからは思い込まれた。説明するよりそういう村人の勝手な妄想の方が都合が良いと思ってアレンはそれに合わせていたが、いつまでもそれに甘える訳にはいかない。事実を言う訳にはいかないが、それとなく信憑性《しんぴょうせい》がありそうな事は言っておこうとアレンは考えた。

「まぁ、訳アリでな……俺は一緒に暮らす事は出来なかったんだ。だから二人を連れて村に戻って来た」

「そ、そうか……」

結局無難にこう答えておいた。だってそもそも母親なんて誰か知らないし、赤ん坊が入った籠が置かれていただけだし、暮らそうと思っても暮らせないんだよとアレンは本音を心の中で呟く。だから嘘ではないはず……真実も言っていないが。とりあえずダンはそれで納得してくれているみたいだし、そういう事にしておいた。

「さてと、それじゃ俺はそろそろ収穫した野菜を持って家に帰るよ」

「おう、じゃぁまたな。アレン」

用意していたザルに野菜を乗せ、アレンはそう言って畑から立ち去る。ダンも手を振って自分の家へと戻っていた。さぁ早くリーシャとルナ達に美味しい料理を振舞ってあげよう。新鮮な野菜だ。さぞかし栄養も豊富で健康に良いぞ。ご機嫌な様子でアレンは道中鼻歌を歌いながら家に戻った。

世の中は秘密で満ちている。嘘、隠し事、内緒話、数えだしたらキリがない。だが秘密という物はいずれ明かされてしまうものだ……たとえ、どんな残酷なものだったとしても。
自分の部屋で本を読んでいたルナはふと自身の手に目がいった。包帯で巻かれた手の甲。その部分をそっと撫で、そしておもむろに包帯を解き始める。透き通るような白い肌、包帯が取れた事で彼女の綺麗な肌が露出され、そして手の甲にある妙な形をしたアザが現れる。

「……………」

否、アザではない。シミでもなければタトゥーでもない。これは生来より刻まれた伝説の紋章、〈魔王の紋章〉である。暗黒大陸の王である魔王を象徴する漆黒の翼、それがこの紋章は本物である事のなによりの証拠。ルナはその紋章を見つめながら忌々《いまいま》しそうに指で強く撫でた。

「魔王の、紋章……私が魔王……そしてリーシャが、勇者……」

ルナも最初はこんなものただのアザだと思っていた。現に気になって父であるアレンに聞いた時、彼は何食わぬ顔でただのアザだろうと言っていた。だから気にしなかった。気にしてはいけなかった。

なのに彼女は思い知ってしまったのだ。自身の才能を。あまりにも膨大過ぎる自身の魔力に。自分は他の人とは違う。感覚も、考え方も、感じ方も、人間とは違う。獣人ともエルフとも違う……自分は魔族なのだと、ルナは幼い時に知った。同時にそれはアレンが自分の〈本当の父親〉ではないことを意味していた。

その時ルナは大き過ぎる絶望と激しい混乱に襲われた。ずっと信じて一緒にいた人物が、本当の父親ではなかった。そのショックは幼い子供が負うにはあまりにも大き過ぎた。

彼は人間だ。アレンはまぎれもなく人間である。自分と同じ魔族ではない。魔族にも様々な種類があるが、人間と魔族の簡単な見分け方は魔力量だ。魔族は人間よりも何倍もの魔力を持っている。まだ幼いルナの魔力は、長年冒険者として戦って来たアレンの魔力を何百倍も上回っていた。

そしてルナは歴史の本を見てこれが間違いなく〈魔王の紋章〉である事を知り、自身が魔王に選ばれた子供だという事を理解した。自分が何をしなくてはならなくて、どのような宿命を背負っているかを知り、それ以来彼女は悩んでいた。何故人間のアレンに育てられているのか。そしてどうして宿敵であるはずの勇者が、自身の姉として一緒に暮らしているのか。それが最大の不明点であった。

「ん、何してんの？　ルナ」

「ッ……リーシャ」

ふと背後から姉であるリーシャに声を掛けられる。ぼーっとしていて気付けなかった。ルナは慌てて手の甲を隠そうとした。だが、それは止めた。一緒にお風呂だって入った事があるのだ。この包帯はもしも誰かに見られて勘違いされたら困るから、という事でアレンから日頃巻くように言われていた。リーシャも同じく。お互い、自分達の手の甲に明らかにアザとは思えない紋章があるのは知っているのだ。だからルナは無駄な抵抗は止め、椅子に座ったまま体勢を変えてリーシャの方に視線を向けた。

「別に……何も」

「ふーん……あのさぁ、ルナ昆虫の本持ってたよね？　貸してくれない？　さっき庭で珍しい虫がいてさー、なんて種類か知りたいんだ」

ルナが答えるとリーシャは別に気にした素振りは見せず、ずかずかと部屋に入り込んでルナの本棚から昆虫図鑑の本を探し始めた。ルナはその様子をただ黙って見つめる。その違和感に気づいたのか、リーシャも本を探す手を止めてルナの方を振り返る。

「……ルナ？」

「……本当は、リーシャも気づいてるんでしょ？　私達の手の紋章について……」

ルナは恐る恐るそう質問する。額から嫌な汗が一筋垂れたが、彼女は気にしなかった。いい加減聞かなければならない。自分達の正体について、何故魔王と勇者である自分達が同じ子供として育てられているのかを、知らなければならないのだ。

そう覚悟を決めてルナが聞き終えると、リーシャは僅かに目を細くし、何か考えるように髪を弄るとおもむろに自身の手の甲にある包帯を解き始めた。当然、そこから〈勇者の紋章〉が現れる。伝説の聖剣を象った紋章。紛れもなく本物の〈勇者の紋章〉だ。

「これねー。〈勇者の紋章〉らしいけどこの剣かっこいいよねー。私もいつかこんな剣欲しいなー。あ、でもルナの翼みたいな紋章もかっこいいよね。本当にそんな鳥、居るのか……」

「ふざけないで！」

思わずルナは柄にもなく大声を上げてしまう。

本当はこんな苦しい質問はしたくない。アレンの事はたとえ本当の父親じゃなかったとして、ルナにとっては本当の父親のように大切な存在である。その想いは事実である。そして姉妹として一緒に暮らして来たリーシャも、大好きな姉なのだ。だからこそ、知らなくてはならないのだ。真実を。

ルナはプルプルと肩を震わせ、強く拳を握り締めた。

「……私は魔王、リーシャは勇者……私は魔族で、お父さんとリーシャは人間……二人が本当の親子かは分からないけど、私がお父さんの娘じゃない事は確実……」

熱い思いが込み上げてくる。喋《しゃべ》る度に喉《のど》が潰れそうだった。それでも彼女は喋り続けた。真実を。自身の存在を、明かした。自分がアレンの娘ではないと言うだけで胸が張り裂けそうだった。涙も流しそうになった。だがルナは目を真っ赤にしながら言い終えた。それを見てリーシャはふむと呟いて首を捻《ひね》る。

「いやー……私も父さんの娘じゃないでしょ。だって全然似てないじゃん。お父さん茶髪だし」

「……えっ……へ？」

「まぁ本当の家族じゃないけど？　父さんの事は大好きだし、ルナの事も大好き。勇者と魔王だけど、別に良いじゃん。そんな事」

何を言っているのか、とルナは一瞬理解出来ずに口をぽかんと開ける。それくらい簡単にリーシャは自分が抱いている悩みに対して答えを提示してみせたのだ。そのあまりの潔さにルナは面喰らい、声を失ってしまう。

「私達が今幸せなら、それで良いんじゃないの？　それともルナはお父さんの事が嫌い？　私の事が嫌い？」

綺麗な金色の瞳で、何の疑う素振りも無くリーシャは首を傾げてそう尋ねてくる。その姿はルナにはあまりにも眩《まぶ》し過ぎた。思わず目を瞑《つむ》ってしまいそうになったが、かろうじて目を開けたままでおく。そして自身の胸に手を当て、答えを考えた。その答えはすぐに出て来た。

「……ううん」

「なら良いじゃん。私も何で勇者の自分がこんな平和な生活してるのか分からないけど……きっと神様がこうしておいて欲しいって願ってるんだよ」

「え……？」

リーシャの分からない理論にルナは首を傾げる。

何故神様がそんな事を願うのだろうか？　勇者だったら当然国の為に魔物を倒したり、悪者から国を守ったりするはずだ。それをしないで欲しいというのが、神様の願いだというのだろうか？　ルナはそう疑問に思った。

「だって今の世界って平和じゃん。それでもし勇者の私と魔王のルナがこの村から出て世間に出たら、どうなると思う？」

「……魔王である私は魔族達が迎えに来て、魔王として暗黒大陸を支配する事になる。そうなったら今度は人々が魔族を怖がって、勇者であるリーシャに助けを求める……そしたら……」

「戦争が始まるね」

魔王であるルナは魔族側からすれば希望だ。強大な力を持つ王が再び現れたとなり、彼らは世界を支配する為にルナを完全な王にしようとするだろう。同時に魔王の危険を感じ取った人間側は、救世主であるリーシャに縋《すが》ろうとする。勇者として国を守ってくれと懇願するだろう。そして二つの国は言わずもがな戦争を始める。魔王が居るならば滅ぼさなければ、勇者が居るならば滅ぼさなければ、その思想によって多くの血を流そうとする。

「もちろん、戦争は今もどこかで起こってる……けど、かつて一つの大陸を消し去ったと言われる程の人間と魔族による〈大陸戦争〉がもう一度起これば……父さんだって死んじゃうかも知れない」

リーシャはあっけらかんとそう言い切った。自分達がどれ程危険な存在であるか、もしも外の世界に出ればどれだけの影響を与えるかを分かっていたのだ。ルナは自分の家庭環境の事しか考えていなかった。パニックでそれどころではなかったのだ。だからルナは尊敬した。先の事まで考えつくしているリーシャの事を。

「私達は言わば鍵よ。物事は小さな切っ掛けで起こる。私達は、極力世間に出ちゃいけないの」

「……ッ」

「ね。でも私達は今の生活で十分幸せ。だからこのままで良いの」

リーシャは既に答えを出していた。全てを分かった後にどのように生きれば良いのかを理解していたのだ。だから父であるアレンに無駄な質問はしないのだ。そんな事したところで自分の想いは変わらないのだから。

「もしかして……お父さんもその事を分かってて私達を……？」

「さぁ。正直父さんが何者なのかよく分からないし。何で勇者の私と魔王のルナを一緒に育てる事が出来たのかが一番謎だし……いずれにせよ今この形が最善だから、わざわざ聞き出す必要もないでしょ」

全ての答えは出た。だがここで最大の疑問が浮かぶ。今まで提示した問題と比べれば危険がある物ではないが、一番重要な疑問だ。自分達の父親であるアレンが、どうやって勇者と魔王である自分達を一緒に育てられたのか？

そもそもただの村人が勇者を育てるだけでもおかしいのに、魔王まで育てているというのは明らかに異質である。王都の重要人物に任せられているのか、それとも誰かに託されたのか？　それを考えているとやはりアレンが何者なのかと言う事に二人の疑問は行きつく。聞いてみても昔は冒険者だったとしか答えない。その実力は勇者と魔王である自分達でも凄いと分かるもので、洗練された剣術、多種多様な魔法。それを両立させているのが彼の実力者としての力を現している。やはりただ者でない事は確かなのだ。

「お父さんって……凄い人なんだね」

「なに、今更気付いたの？　ルナ」

昔から凄い人だという事は分かっていたが、改めて理解し、ルナは零《こぼ》すようにそう呟いた。するとリーシャはからかうようにニヤリと笑ってみせた。ルナもそれを見ると釣られて思わず笑みを零した。

「おーい、二人共帰ったぞー。今日は新鮮な野菜がいっぱいとれたぞー」

すると丁度タイミング良くアレンが帰って来た。玄関の方から二人の大好きな父親の声が聞こえてくる。二人は先程まで話し合っていた重要な内容の事など忘れ、早く大好きな父親に会いたいという思いから部屋を飛び出した。

「はーい父さん！　今日のご飯なにー？」

「お父さん、私も手伝う」

リーシャとルナは玄関に向かい、アレンに抱き着きながらそう言い合った。老いても体格の良いアレンは見事二人を受け止めてみせる。そして幸せそうに満面の笑みを浮かべた。

預言者の占い。それはこの世に再び魔王が現れ、世界を混沌に陥れるという。同時に、人間達の希望である勇者も現れるであろう。……それが八年前の預言。

「ぬぐぐ……」

城の自室の中で国王は頭を悩ませていた。椅子にドカリと座り込み、ひじ掛けで指をトントンと動かしながら自分の苛立ちを何とか抑えようとする。その傍らでは青いローブを纏った女性が控えていた。たくさんの宝石を身に纏い、美しい容姿をしている。そんな彼女の表情もまた暗かった。

「魔王が目覚め、勇者が現れるという預言が出てから八年……未だに魔王も勇者も現れん。これは一体どういう事だ……?」

国王の危惧。それは傍らに居る女性が出した預言の事。その預言の通りならば既にこの世には魔王が目覚め、魔族達が侵略の準備を始めているはずだった。だが暗黒大陸でそのような異変は起こらない。自分達の希望の星である勇者すら現れない。最早街ではその預言は外れだったのだと笑い話にされている。だが国王はそう簡単に悩みを捨て去る訳にはいかなかった。

「陛下、私の預言は外れませぬ……！　魔王も勇者も必ず現れます……ッ」

「分かっておる……お主の預言は昔から全てぴたりと当たっていた……だからこそ、儂《わし》は恐れておるのだ……もう既に、魔王と勇者がこの世に現れているのではないかと」

ローブを羽織った女性、預言者は焦《あせ》りの表情を見せながら膝《ひざ》を付いてそう宣言した。国王もその言葉は理解していた。彼女の預言は昔から一つも外れた事はない。それだけの信頼すべき実力を彼女は持っている。だが問題はそこではない。だとすればこの世に生まれたはずの魔王と勇者は今どこに居るのか？　重要なのはそこである。

「勇者の血族が居ない場合、〈勇者の紋章〉は素質のある子供に現れる……可能性がありそうな子供を持つ者には全員伝えていたはずだ……だが報告は何もない！　何故だ⁉　何故勇者が生まれた報告が来ない？　たとえ村人の子だったとしても勇者ならば国に報せようとするはずだろう⁉」

国王はドンとひじ掛けを叩いて不満を吐いた。

勇者の血族は既に途絶えてしまっている。その場合〈勇者の紋章〉は少しでも勇者の素質を持つ子供に現れる。だから国王は予め《あらかじ》素質がありそうな一族の者、長く城に勤めている騎士などにも全員伝えておいたのだ。勇者が生まれるかも知れないと。だが報告は一切来ない。では全く関係のない場所で生まれたのだろうか？　そうだとしても何らかの騒ぎになったり、噂が流れて来たりするはずだ。だがその傾向は全くない。国王は不安に顔を染め、震える指で額に手を置いた。

「もしや……何者かが勇者の力を独占しようとしているとか？」

ふと預言者は思い付いた事を口から零す。

あまり考えたくない事態ではあるが、その可能性は十分ある。勇者の力は城一つ消し去る程強大な物。そんな力を手中に収めれば莫大な権力と富を得る事が出来るであろう。その可能性に国王は眉間にしわを寄せた。

「よもやそんな事……いや、あり得るのか。子供の時から育ててしまえばその勇者はその者の言いなりとなる。いかに勇者と言えど親ならば従うだろうからな……」

「という事は、いずこで勇者を隠して育てている者が……」

「うむ、その可能性は否定しきれん」

いくら伝説の勇者と言えど所詮は人の子。幼い頃から洗脳されれば人々を守る為にあるはずのその力も邪《よこしま》な者の手に渡ってしまうかも知れない。その可能性は十分あった。国王はその考えに至らなかった自分に怒り、忌々しそうに拳を握り締めた。

「今一度探索隊を出すのだ……今度は呼びかけだけではなく、子供一人一人を念入りに調べるように伝えろ……！」

「はっ……仰せのままに」

国王は震える手を動かして命令を与える。預言者は怒りの頂点に達している国王に恐れながらも膝を付いて深く頭を下げ、それに従った。

山の森の中、村から少し離れたその場所でアレンは魔物と戦っていた。熊型の頭の角を生やした大柄な魔物。最近畑を荒らすという事で村人達はその魔物に困っており、元冒険者であったアレンが退治を請け負う事になったのだ。

「ふっ……！」

「グルルゥァァッ！」

魔物の巨大な腕が振り下ろされる。その攻撃も難なく避け、アレンは浅い攻撃ではあるが剣で着実にダメージを与えていく。

冒険者の頃に使っていた剣。日頃から手入れは怠《おこた》っていなかったが、年期が入っている為そこまで切れ味は良くない。それでも流石は元冒険者なだけあってアレンは無駄のない動きで少しずつ魔物を追い詰めて行った。そして遂に動きが鈍くなった魔物の心臓部に剣を突き立て、アレンは戦いの終わりを悟る。

「ルウァァアアア……！！」

「よし、っと……」

魔物は悲鳴を上げ、苦しむように腕を振り回した。やがてその場に崩れ落ちると、先程の暴れようが嘘のように静かになった。アレンは剣に付いた血を拭いながら小さくため息を吐く。そして戦いの途中で薄々と感じていた違和感を思い浮かべた。

（妙だな……ちょっと前の俺ならこんなに長く動いたらすぐ息切れしたはずだが……今は体力が有り余っている）

ふとアレンは額に手を当てながらその違和感について考える。手で顔をなぞるが、全く汗が流れていない。息もそこまで切らしていない。

やはり妙だ。以前の自分だったらリーシャと稽古をしているだけで疲れていたはずである。この魔物もそこまで強くはないが、それでもこの年期の入った剣で仕留めるのは骨が折れるはずである。なのに自分はそこまで疲労感を覚えずに倒す事が出来た。

思い当たる節と言えば野菜を主食とした健康的な食事と、早寝早起きを心掛けている今の生活くらいだが。その他にもアレンには思い当たる事があった。それは以前、自分がちょっとした傷を負ってしまい、その時にルナに治癒魔法を掛けてもらったのだ。その時から妙に身体が軽く感じ始めていた。最初は治癒魔法の効力によって治癒能力が活性化されているだけだと思ったのだが。そこまで考えてアレンはふむと声を鳴らして首を傾げる。

「父さんすごーい！　流石だね、あんなおっきな熊倒すなんて！」

「リーシャ、あれは熊じゃなくて熊型の魔物だよ」

わっと後ろから声が聞こえてくる。見れば娘であるリーシャとルナがそこには居た。外着でリーシャは白いシャツに青いスカート。ルナはワンピース風の黒い服を着ている。一応リーシャは訓練用の木剣を持っているが、アレンは二人を見てやれやれと首を振った。

「お前達なぁ……ちゃんと家で待ってなさいって言っただろう？　森の中は危ないんだぞ」

「大丈夫だよ。魔物が出ても私がルナを守るもん」

「でも怪我しちゃ駄目だよ？　リーシャ」

「分かってるって。心配性だなぁ、ルナは」

「……俺は二人に注意したんだが」

相変わらずな二人を見てアレンは剣を鞘《さや》に収め、大きくため息を吐いた。

（まぁ実際の所、リーシャならこの森の魔物程度なら難なく倒せるだろうけど……）

リーシャの実力は日に日に成長していっている。今の彼女の実力ならこの森に住みついている魔物くらい簡単に倒せるだろう。おまけに治癒魔法や攻撃魔法も使えるルナが付いているのだ。正に最強コンビと言える。そう考えてアレンはちょっとだけ今の娘達が怖いなと思った。

（というか二人共、前よりかなり仲が良くなってる気がするんだが……気のせいか？）

ふとアレンは二人の事を見ながらそう考える。

毎日一緒に居る姉妹だから仲が良くても不思議ではないが、それにしても以前と比べると二人の距離が縮まっている気がするが。自分が知らない所で何かあったのだろうかとアレンは考えたが、別に二人の仲が良いのは微笑ましい事なのでそこまで気にしない事にした。

「さてと、それじゃ魔物も退治したし、村に戻るか。二人共」

「「はーい」」

目的の魔物も仕留めた事だし、村に戻って回収してもらえるよう人を呼ぼう。そこまで考えてアレンは二人に呼びかけ、村に戻る事にした。リーシャは相変わらずリスのように走り回りながら、ルナはアレンの横にぴったりと付きながら心配そうにリーシャの事を見ている。その様子はとても微笑ましかった。

村に魔物を退治した事を伝えた後、アレンはリーシャとルナを先に家に戻らせた。村長と少し話す事があったからだ。アレンはその足で村長の家へと向かう。そして家に上がると、そこには子供の時と変わらぬ男の老人の姿があった。長い髭をたくわえ、しわくちゃな顔をしている。

「魔物退治ご苦労じゃったな。アレン」

「別に元冒険者ならあれくらいお安い御用だよ、村長」

村長はアレンにお茶を出しながらお礼を言った。アレン自身もやけに今回は調子が良かった為、そこまで苦労した気はしない。熱いお茶を喉に流し込み、ふぅと息を吐いた。

「最近はやけに魔物達が獰猛《どうもう》だからのぅ。丁度八年前からやけに魔物が多く出没するようになった」

村長もアレンが座っている向かい側の椅子に座ってお茶を飲みながらそう言った。

魔物の生態は殆ど動物と同じである。だが唯一違うのは魔族に近い存在という所だ。凶暴で皆人間を襲おうとする。その為魔物と魔族は同じ種族だという見方もある。そんな魔物達が獰猛になっているという報せは村人達によって良くないものだった。それはつまり、魔族達になんらかの動きがあったという事を意味するからだ。

「例の預言と何か関係あるのかね？」

「ふぅむ。だとすれば今この世の何処かに子供の魔王と勇者が居るかも知れないという事じゃな……ふぉふぉ、やれやれ恐ろしい事じゃ」

「まぁ俺達辺境の村人には関係のない事だな。ここには滅多に外界の人も来ないし」

「そうじゃのぉ」

村長も確かに自分達に出来ることなどないかと考え、コクコクと顔を頷かせる。

「じゃぁ、また明日。村長」

「うむ。二人にもよろしくな。何せあの子達はこの村のスターじゃからの」

「ははは、そんな事言ったらあの子達が調子に乗っちまうよ、村長」

帰り際村長はそう声を掛ける。それを聞いてアレンは肩を竦めた。

この村には子供が少ない為、リーシャやルナのような可愛らしい女の子は皆の人気者なのだ。特にリーシャは持ち前の明るい性格で村中で遊び回っている為、特に皆と関わっている。しかしそれを教えると更にリーシャが調子に乗ってしまう為、アレンは村長の言葉を胸にだけ留め、笑顔で村長の家を後にした。


「てやぁ――!!」

「よっと……ほい」

アレンの家の庭から二人の声が聞こえてくる。木剣を撃ち合う音、地面が擦れる音、地面の草には煌《きら》めく汗が垂れた。

ブロンドの髪を揺らしながらリーシャは力いっぱい木剣を振るう。アレンはそれを片手持ちの木剣で受け流し、華麗に弾き返した。

「はぁ……はぁ……えい！」

弾き返された木剣を構え直し、リーシャはすぐさま姿勢を低くしてアレンに鋭い突きを繰り出した。心臓部を狙った研ぎ澄まされた一撃。子供からはとても想像出来ない程素早い攻撃。しかしアレンはそれすらも木剣で受け流し、逆にリーシャの手元を打ち付けて木剣を宙に飛ばした。

「あっ……！」

「勝負あり、だ」

宙に飛ばされた木剣を見てリーシャは先程までの勢いをなくし、表情が暗くなる。それと同時にアレンも決着を悟り、木剣を引くと構えを解いた。リーシャもまた自分は負けたのだと理解し、その場にドサリと膝を突いた。横に木剣が落下する。カランコロンと空しく軽い音が鳴った。

「はー……また負けたー！　何で父さんに勝てないのー!?」

「いやいや良い線いっていたぞ。最後の突きなんかちょっと避けるのが遅れてたら喰らってたしな……大体、リーシャはまだ子供なんだから十分凄いよ」

「んー……それでも悔しい」

その場に仰向けになって倒れながら手足をばたつかせてリーシャは不満を述べる。その子供らしい仕草を見て笑いながらアレンは弁護した。

実際の所リーシャは全然弱くない。むしろ八歳の子供に追い込まれている自分の方が恥ずかしいとアレンは感じていた。本当はリーシャが勇者であり、剣の才能が研ぎ澄まされているからなのだが。最近のアレンは妙に身体が軽くなり、力が戻りつつあった。更にリーシャの剣術は自分が教えたものであり、今まで一緒に特訓してきたのだから隙《すき》や癖《くせ》も分かっている。そのような様々な要点があったからこそ、アレンは勇者であるリーシャに勝つ事が出来たのだ。

しかしそれを知らないアレンは単純にリーシャがまだ子供だから勝てないと思っており、逆にリーシャは勇者である自分すらも退けるアレンを尊敬した。

「やっぱ父さんは凄い！　いつか絶対超えてみせるんだから!!」

「ああそうだな、その時を楽しみにしてるよ」

リーシャの成長速度は凄まじい。この分ならすぐに冒険者にもなれるだろう。案外自分が予想しているよりも巣立ちは早いのかも知れない。アレンはそう感じた。

リーシャとの模擬戦、毎日の日課であるそれを終えた二人は家へと戻り、ルナを連れて畑仕事へと出かけた。リーシャとルナも畑仕事が好きな為よく働く。その様子を微笑ましく思いながらアレンも身体を動かした。

そしてお昼頃、アレンは荷物を纏めながらふと二人に話しかけた。

「さてと、今日は西の村まで行って来るよ。二人はどうする？」

アレンの住む村から山を下りて西の方に向かうともう一つ村がある。その村とは多少交流があり、アレンは畑でとれた野菜をそこで物々交換したりする事があった。今回も畑でとれた野菜を交換しようと思って出かける準備をしたのだが、そこで二人が付いて来るかどうかを確認しようとした。椅子に座りながら本を読んでいたリーシャとルナは顔を上げ、少し考えるように口元に手を当てた。

「んー……私は良いや。家で本読んでる」

「私も……今日は家に居る」

「そうか。帰りは夜くらいになると思うから、何かあったら村長の所に行きなさい」

「「はーい」」

二人は少し考えた後家に残ると言った。アレンは別に気にした素振りも見せずそうかと呟くが、実際の所は少し疑問は残っていた。

どういう訳かリーシャとルナはあまり村の外に出ようとしない。山の森の中だったらよく遊びに出かけたりするが、山を下りたその先、外界へ出ようとしないのだ。単純に子供だから未知な世界が怖いのか？　子供なら普通興味を持って行きたがると思うのだが、アレンはそう考えながら首を傾げた。

（まぁリーシャもルナもその内冒険者になろうとしたり、王都に行きたがるようになるだろう……）

子供の心境はすぐにコロコロと変わる。二人もこう言っているがその内すぐに外の世界に行きたがるようになるかも知れない。それどころかすぐ大人になって独り立ちするようになってしまうかも知れない。その時の事を想像して少し複雑な気持ちになりながらアレンはそれを振り払い、野菜が入った荷物を背負うと家を出た。

慣れた足取りで山を下り、途中で出くわした魔物も難なく退けて彼は山を下り切る。そしてあっという間に西の村へと辿り着いた。自分達が住む山の中の村とは違い、少し広めの村で牧場などもある。中には魔物を飼っている村人なんかも居た。子供の時から育ててそれ以来懐かれているらしい。

「やぁ、アレンじゃないか。久しぶりだな」

「ああ。今日は物々交換に来たんだ。何か野菜と交換しないか？」

「そいつは良い。丁度ウチは野菜が不作だったんでな。助かるよ」

顔見知りの村人と会い、挨拶《あいさつ》した後にアレンは早速交換を持ち掛ける。向こうも丁度野菜を必要としていたらしく、卵や羊毛、山の中では手に入り辛い物と交換する。これでリーシャ達にも美味しい料理や新しい服を作ってやる事も出来る。そう考えるとアレンは自然と笑みが零れた。

「最近は魔物がよく出るようになって大変だよ。そっちの方は大丈夫か？」

「ああ、確かに森の中の魔物も増えた気がしたな。この前も畑が一個やられたよ」

世間話で魔物の話題が上がる。やはりこの辺りでも魔物が多く出没するようになっているらしい。この分だと大陸全体に魔物が増えていると考えてもおかしくないかも知れない。やはり不吉な前触れだとアレンは頭を掻いた。

「……ん？」

するとの中央の方が何やら騒がしい事に気が付いた。人が集まっている。それに兵士のような恰好をした男達がたくさん居た。アレンはそれが気になり、目を細めた。

「広場の方が騒がしいが……何かあったのか？」

「ああいや、いつもの兵士達だよ。噂の〈勇者の紋章〉を持った子供を見つけようと必死なのさ」

アレンの言葉を聞いて、村人は首に手を当てながら面倒くさそうにそう答えた。兵士達の方に視線を向け、うっとうしそうにため息を吐く。

どうやら例の預言で現れると言われている〈勇者の紋章〉を持った子供を探しているら

しい。探索隊の兵士は預言が噂されてから一年経って現れるようになったが、未だに探索が続けられていたとは意外だ。アレンは国の意地と根気の良さに驚いた。

（なるほど……未だに探索隊が出されているのか……余程その〈預言〉を信じているみたいだな。国のお偉いさん達は）

村人達に話し掛け、一人一人子供の手を確認している兵士を見ながらアレンはそう思う。預言が出てからもう八年も経っているというのにご苦労な事だ。そう言えばリーシャとルナを拾ったのも丁度八年前だし、あの子達の手にも妙なアザがある。その考えに行きついたアレンは一度顔を上げてはてと首を傾げたが、すぐに何かの偶然だろうと解釈してしまい、リーシャが勇者である可能性を捨ててしまう。

そんな事を考えていると兵士の一人がアレン達に近づいて来た。恐らく隊長格。部下であろう兵士達もその後ろに並んでいた。

「お前達、国王よりの命だ。子供に紋章がないかどうか確認させてもらう」

「へーへー、ご苦労なこって。ウチの子ならさっき見てもらいましたよ。紋章なんてこれっぽっちもなかったがな」

兵士の男がそう命令するが、村人は先程見てもらったと言って塩対応を取る。もう何度も確認を繰り返していて子供も彼も不満を抱いているのだ。兵士は少し気に食わなそうな表情を浮かべたが、既に確認しているならばこれ以上追及する事も出来ず、視線をアレンの方に向けた。

「お前の方は……ん？　お前はッ……アレン・ホルダー!?」

「……お？」

するとと兵士の男は何かに気が付いたように驚いた表情を浮かべ、アレンの名を言い当てた。その事を妙に思ったアレンは首を傾げ、兵士の男の顔をまじまじと見る。

「俺の事を知ってるのか？」

「王都では有名だったから覚えている……かつて歴戦の冒険者として名を馳せた〈万能の冒険者〉。何故お前がここに……？」

名前どころか二つ名まで言い当てられ、アレンは少し恥ずかしくなる。正直言ってそこまで実力がある訳でもなく、長い間やっていたから付いた二つ名はこの歳になると恥ずかしくなる。それに既に冒険者は辞めた。その事から猶更アレンは二つ名という物を恥ずかしく思った。

「歳で継続が不可能という事からギルドに戦力外通告を言い渡されたと聞いたが……まさかこんな辺境の村に住んでいたとはな。クク」

「まぁ……この村は俺が住んでる所じゃないがな、俺が住んでるのは山の方だ」

どうやら辞めた事もしっかり知っているらしく、兵士の男はどこか嘲笑《ちょうしょう》したような表情を浮かべてアレンにそう言い放った。わざわざそんな事を言う必要ないだろうとアレンは思いながらも、事実なので別に反論するような事はしない。

（実際〈万能の冒険者〉なんて言われてるけど、それって要するに器用貧乏って訳で、武器とか魔法とか道具をしっちゃかめっちゃか使ってただけしな……）

様々な武器を使いこなしたり多種類の魔法を使うのは凄い事だが、それはアレンが敵を倒すのに限界を感じ、何か解決策は無いかと様々な手段を用いたに過ぎない。その為一つを極めた事はなく、どれも中途半端。その結果付いた二つ名が〈万能の冒険者〉である。この名はアレンからすれば自身の一つに特化出来ない実力を現しているようで、あまり好きにはなれなかった。

「言いたい事はそれだけかい？　あんたの言う通り俺はもう隠居した身だ。今はただのしがない村人だよ」

「……フン。どうやら本当に牙を抜かれてしまったようだ。無様な物だな。役立たずと切り捨てられた冒険者の末路というものは」

「…………」

アレンは自分が持っている荷物を見せながら伝える。護身用の剣は持っているが、それもただのボロ剣だ。冒険者だった時とは身なりも違う。それを見て兵士の男は遠慮する事なくアレンを馬鹿にするような言葉を述べた。もしリーシャとルナが聞いていればとんでもない事になっていただろう。

流石に兵士のその物言いに村人の男も友人であるアレンを馬鹿にされた事を怒ったのか、兵士の男に怒鳴りつけようとした。だがその時、突如村の端の方から悲鳴が聞こえてきた。

「きゃあああぁぁぁ!!　魔物よぉぉ!!」

「……ッ!」

女性の甲高い悲鳴と共に魔物という単語が聞こえてくる。アレンはすかさずそれに反応し、悲鳴が聞こえて来た方向を見た。すると村の端の丁度牧場になっている所の柵が壊され、そこから下半身は馬、上半身は筋肉の塊のような姿をした魔物が暴れていた。

「なっ……魔物だと!?　〈魔物除け〉はちゃんと撒《ま》いておいたはずだぞ……!?」

「フン、ケンタウロスか……我々なら造作もない敵だな」

村人の男は自分達の村に魔物が入り込んで来た事に驚愕《きょうがく》する。それとは対照的に兵士の男は侵入して来たのがケンタウロスだと判断し、余裕の笑みを浮かべた。

ケンタウロスは人間の三倍もあり、馬の脚力を持った強力な魔物である。だが彼らも王都に勤める兵士。特に隊長格である彼ならば十分対処出来る魔物であった。

「おい、まさか戦う気か？」

「クク、まさか恐怖しているのか？　アレン・ホルダー。まぁ引退した腰抜け冒険者なら当たり前か。貴様はそこで見ているが良い、我々王都に勤める兵士の実力を見せてやろう」

アレンが魔物を怖がっているのだと思った兵士の男は挑発的な笑みを浮かべながらそう言い、部下に指示を出すと暴れているケンタウロスの方へと向かって行った。

「くっ……アレン、癪《しゃく》だがここはあいつ等に任せよう。いくら元冒険者のお前でもあんな魔物には敵いっこねぇよ」

「…………」

兵士の男に突っかかろうとしていた村人の男も流石に魔物が襲ってきたとあっては手が出せない為、すぐにでも逃げたそうな表情をしながらアレンにそう言った。しかしアレンは真剣な表情をしたまま静かにケンタウロスの事を観察していた。何か不可解そうに自身の髭を弄っている。

「いや、一応俺も行って来るよ。荷物よろしく頼む」

「えっ……おい！　本気か!?」

やがて何かに気づいたように顔を上げるとアレンは背負っていた荷物をその場に捨て、

腰からボロ剣を引き抜きながらケンタウロスの方向に向かって走り出した。残された村人の男は引き留める事も出来ず呆然とアレンの後ろ姿を眺めていた。

ケンタウロス。馬の下半身に人間の上半身を持った魔物。しかしその上半身は筋肉で覆いつくされ、とても人間とは思えない肉体をしている。更に顔は魔物らしく醜《みにく》く、頭からは二本の角が生えている。当然言葉は話さず、馬のような鳴き声を上げる。

馬の下半身を持っている事から移動速度は速く、長距離から一気に迫られて体当たりを喰らえばひとたまりも無い。その事から冒険者でも生半可な実力では倒す事は出来ず、少なくとも中級程度の実力を持つ冒険者が五人揃わなければ倒せない敵であった。

だがケンタウロスにはある弱点があった。隊長格である兵士の男はそれが分かっていたからこそ、探索用の装備でも十分勝機があると判断してケンタウロスに挑んだのだ。

「ブルゥゥウゥァアアア！！！」

「フン……薄汚い魔物風情め。この剣の錆《さび》にしてくれる」

馬と同じように鳴くケンタウロスを見ながら兵士の男は剣を構え、部下に散らばるように伝えた。敵は魔法や範囲攻撃を持たない魔物。散らばれば必ず一人に標的を絞ってくる。それならば当然、ケンタウロスの弱点も丸見えになるのだ。

「ブルルルル!!」

（クク、やはり〈予備動作〉をして来た……丸わかりなんだよ、単細胞が！）

ケンタウロスの弱点。それは分かり易い予備動作。ケンタウロスは馬の脚力を活かして体当たりを放つ時、必ず予備動作として大きく脚を上げる。それさえ分かってしまえば後は進行方向に体当たりをしてくるだけの為、避けるなりしてしまえば後は簡単にカウンターに繋げられる。そしてこの兵士の数。袋叩きにしてしまえば一瞬で勝負は付く。兵士の男は余裕の笑みを浮かべながらケンタウロスが繰り出すであろう体当たりを待った。しかし、現実はそう甘くはなかった。

「ブルゥァアアアアアッ!!」

突っ込んでくるかと思われたケンタウロス。しかし直後上げた前脚を地面に思い切り叩きつけると、ケンタウロスの角が輝き、そこから雷が放たれた。

「なっ……雷……!?　うぐがあああああ!?」

体当たりが来ると思っていた兵士の男は全く別の攻撃に対応出来ず、そのまま真正面から雷を喰らってしまった。ごほっと黒い煙を口から吐き出し、彼はその場に倒れる。それを見て兵士達は顔を絶望に染めた。

「た、隊長……!?」

「や、やばい！　隊長がやられた！　逃げろおおぉぉぉ!!」

司令塔が居なくなった兵士達は途端にケンタウロスを恐れ始め、バラバラに逃げ出した。そもそも自分達のリーダーである男が一瞬で負けたのだから、ただの一般兵である自分達が敵う訳が無いのだ。そう考えて兵士達は必死に逃げだ。村がどうなるかも考えずに。そこへ丁度追い付いたアレンがやって来た。雷を放ったケンタウロスを見て納得するように目を細める。

「やっぱりか……あれはただのケンタウロスじゃない。雷魔法が使える〈サンダーケンタウロス〉だ」

最初見た時からどこか普通のケンタウロスとは違うと思っていたアレンは今の光景を見てようやく納得した。ケンタウロスの亜種であるサンダーケンタウロス。見た目は殆ど同じだが、僅かに生えている毛が金色だったり、角が通常より歪《いびつ》な形をしていたりと僅かな違いがある。先程は遠目だった為アレンは判別出来なかったが、こうして間近に見た事、そして事実雷魔法を使った事でようやく確証を得る事が出来た。

「あ、あんた！　早く逃げろ！　もう奴は我々の手には負えない！」

「そうはいかんよ。こんな奴が村で暴れたら、貴重な特産品をもう交換出来なくなっちまう」

逃げている途中の兵士がアレンにそう声を掛ける。しかしアレンは逃げるつもりなど毛頭なかった。横で倒れている隊長の男の首筋に手を当て、まだ生きている事を確認するとほっと安堵《あんど》の息を零す。そして持っていたボロ剣を構え、ケンタウロスと対峙した。

「それに……ケンタウロスなら昔よく狩ったしな」

ニッと笑みを浮かべてアレンはそう言うと、風のごとく走り出した。もう四十代の男性とは思えない程勢いのある速さ。すかさずケンタウロスが前脚を上げて近づいて来るアレンを踏みつぶそうとした。しかし逆にアレンは姿勢を低くしてケンタウロスの懐に滑り込むと、そのまま背後を取ってケンタウロスの脚にボロ剣を振るった。

ギャリン、と鈍い音が響く。流石は魔物なだけあって皮膚《ひふ》もかなり硬い。アレンが持っているような年期の入った剣では切断するのは難しかった。

「ちっ……」

「ブルゥァアアアアアアア!!」

反動でアレンは足を止めてしまう。そこをケンタウロスは後ろ脚でアレンを蹴飛ばそうとした。しかしすんでの所でアレンはそれを避け、ゴロゴロと転がりながらケンタウロスから距離を取った。ケンタウロスも先程の兵士達とは違う事を本能的に感じ取ったのか、荒々しい雰囲気を落ち着かせ、静かにアレンの事を睨《にら》みつけた。

（やっぱり身体が軽い……冒険者だった頃みたいに思ったように身体が動いてくれる）

ふぅと一度息を吐いてからアレンは自分の身体を見下ろしながらそう心の中で呟いた。いつもならこんな激しい動きをすれば腰か足がやられるというのに、息一つ乱れていない。自分の調子が良くなっている事に嬉しく思いながら、アレンはケンタウロスと対峙したまま集中力を高めた。

「ブルゥゥアアアア!!」

「ッ、また雷魔法だ！　危ない！」

先程と同じように雷魔法を放とうと前脚を上げたケンタウロスを見て兵士が声を上げる。アレンもそれには気付いていた。だが速さが特徴である雷魔法を避けるのは難しい。アレンはその場から離れようとはせず、逆に手を突き出すと魔法を詠唱した。

「水の盾《たて》よ！　我を守りたまえ!!」

アレンがそう詠唱を終えると同時に手の先に水の盾が現れ、ケンタウロスが放った雷魔法を防いだ。雷魔法は水魔法と相性が悪い。特に防御に特化した水の盾ならば雷を分散して魔力を大きく消費せず防ぐ事が出来る。アレンは昔サンダーケンタウロスと戦った事からそう学習していた。

「ッ……あんた、魔法が使えるのか？」

「ちょっとだけな……よっ！」

素早く高度な水魔法を使ってみせたアレンを見て兵士は驚愕の表情を浮かべる。今アレンが行ったのは詠唱の簡略化。本来ならば長い詠唱を終えなければ魔法は正しく効果を発揮しない。簡略化が行えるという事は十分な効力を発揮しない状態でも賄える程の魔力を持っているか、高い技術力があるかである。

先程自分達の隊長があれだけ馬鹿にしていたが、ひょっとしてアレンという男は凄い冒険者なのではないかと兵士は思い始めていた。

そんな事を考えている間にもアレンは動き出し、再びケンタウロスに近づく。本来なら遠距離魔法である雷を撃ってくる敵など怖くて近づけないものだが、アレンの走りには一切の迷いが無かった。ケンタウロスは簡単に距離を詰められ、そして――。

「終わり、っとぉ……！」

剣を思い切り振るい、ケンタウロスの頭に叩きつける。同時に剣は粉々に砕け散り、ケンタウロスは気絶したのかその場に崩れ落ちた。敵が沈黙した事を確認してアレンはふぅと息を吐き、砕けてしまった愛用の剣を見て少し寂しそうな表情を浮かべた。

「す、凄い……あの人、隊長を倒したケンタウロスをあっさりと倒しちまいやがった……！」

「隊長は馬鹿にしてたけど……あの人って、本当は凄い冒険者なのか……？」

恐怖が去った事を知って逃げ出したり隠れていた兵士達が戻り、一切息切れしていないアレンを見て驚愕の表情を浮かべている。そんな周りの視線は気にせず、アレンは倒れているケンタウロスを見下ろしながら神妙な表情を浮かべていた。

「………」

何かがおかしい。このケンタウロスと戦っている時に覚えた違和感。最初のあの暴れよう。普通に魔物と戦う時とは何かが違う。アレンはそう感じていた。その疑問を探るように彼は自身の髭を手で弄った。

（このケンタウロスは魔物除けも気にせず村の中に侵入して来た……それはつまり、魔物除けを気にする余裕もない程切羽詰まった状況だったからか……？）

魔物除けは魔物が苦手とする匂いを放つ特別な薬である。撒いておけば大体一か月くらいは保つものだが、このケンタウロスはその境界線を軽々と越えて来た。そして村で暴れている時のあの慌ただしい様子。あれは人間を襲うというよりも恐怖で暴れていたようにも見える。長い事魔物と戦って来た事からアレンはケンタウロスの異常にも気づいていたのだ。

（最近の魔物の増え方と何か関係がある気がするが……まあ、考えても分からんか）

魔物達のおかしな動きにアレンは疑問を抱きながらも、結局は答えは出せずにどうでも良さそうに肩に置いていた剣を下ろした。ひとまず危機は去ったのだ。その事をまずは喜ぼう。ふと遠くに目を向ければアレンの友人である村人の男が荷物を持ちながら手を振って近づいて来ていた。アレンも笑みを浮かべながらそれに手を振って返した。

それから兵士達は気絶した隊長を連れて王都へと戻って行った。その帰り際村人の男があっさり負けてしまった隊長をかなり馬鹿にしていたが、肝心の隊長の兵士は気絶している為、意味は殆どなかった。

見事ケンタウロスを退けたアレンは村中に感謝され、是非とも宴《うたげ》を開きたいと申し出を受けたが、家で子供達が待っているからと答えてその申し出を遠慮した。その代わり村の特産品で作った可愛らしい羽のアクセサリーを二つもらった為、それをリーシャ達のお土産にする事にした。

ケンタウロスでちょっとした騒ぎになった為、村から出るのが少々遅くなってしまった。もう空は暗くなり、大分予定が遅れてしまった。今頃リーシャ達はベッドで寝ている頃だろうか。そんな事を考えながらアレンは山を登り、ようやく自身の村に辿り着いた。

流石に休みなく歩き続ければ多少は疲れ、アレンはため息を吐きながら家の扉を開けた。

すると――――。

「「おかえりなさい！」」

「た、ただいま……」

てっきり眠っているとばかり思っていたリーシャとルナは満面の笑みを浮かべてアレンを出迎えた。まだ起きていた事に驚き、アレンは意外そうな顔をしながら二人の頭を撫でた。

「まだ起きていたのか？　帰りは夜になるって言っただろう」

「だって～、父さんに何かあったんじゃないかと思って心配になって……」

「私も……心配で眠れなかったから」

どうやら中々帰って来ないアレンを心配に思って二人は起きていたらしい。よく見ると目の下には隈もある。せっかく成長期の女の子が夜更かしなんかしてはいけないとアレンは怒ろうと思ったが、そもそも心配させてしまった自分が悪い為、やれやれと首を振った。

「それは心配掛けさせたな、ごめんよ……ほら、おみやげだ」

「わー、綺麗ー！　ありがとう父さん！」

「ありがとう……お父さん」

アレンはお土産の羽のアクセサリーを取り出すと二人に渡した。リーシャは青色の羽、ルナは赤色の羽のアクセサリーを。二人共大層それが気に入ったらしく、服の胸部分に付けてきゃっきゃと笑みを浮かべていた。アレンはその様子を見て満足そうに笑い、家族は良いものだなと改めて感じた。

森の中をアレン、リーシャ、ルナの三人が歩いていた。アレンはこの前新調した剣を携え、腰にはロープや短刀が装備されている。上着に獣の毛で仕立てたローブを纏っており、狩猟用の恰好だ。その後ろではリーシャがアレンから護身用に与えられた少し細身の剣を腰に携えていた。ルナは何も持たず、時折周りをキョロキョロと見ている。

「ふぅ……今年の冬はちょっと寒いな」

「でも楽しいよ！　こうやって父さんと一緒に森を散歩できるだけで！」

「散歩じゃなくて狩りだし……本当は危ないからお前達には家で待っていて欲しいんだがな」

口から白い息を吐きながらそう呟くアレンにリーシャはぴょんぴょんと可愛らしく飛びながらそう言う。

一応これは狩猟の為、リーシャが思うような軽い散歩とは違う。最近は魔物も凶暴化している為、魔物除けを抜けて村の近くに魔物や獣が来ないように見回りをしているのだ。

（まぁリーシャならこの辺の魔物くらいなら全然余裕だろうし……ルナはそもそも平気だからな）

とは言ってもアレンも二人の事をそこまで心配していない。リーシャの実力なら十分魔物相手でも戦う事が出来るし、普段は明るい彼女も真剣な時はきちんと状況を見極め、冷静な判断を下す事が出来る。そしてアレンはルナの方に視線を移した。彼女の方はそもそも心配をする必要がない。なぜならば――――。

「相変わらずルナは好かれてるな。魔物に」

「うん……」

「クゥン、クゥン」

ルナの後ろから懐くようにすり寄る真っ黒な狼の子供、〈ダークウルフ〉。漆黒の毛並みをした魔物で、鋭い爪と牙を持つ。今はまだ子供であるが十分その実力は高く、持ち前のスピードを活かして十分なポテンシャルを発揮する。

どういう訳かルナは魔物に好かれる体質だった。初めはこのダークウルフの子供も群れから離れてしまったのか、森を散歩していたアレン達と出会い、それ以来何故かルナに懐くようになったのだ。

それ以外にもルナは遭遇した魔物に襲われるような事がなく、ルナを見ても興味を示さなかったりさっさと去って行ったりしてしまうのだ。

（むしろ魔物の方がルナを恐れているような……まぁ流石に凶暴な魔物なら見境なく襲うが、何故ルナは大抵の魔物に襲われないんだ……？）

前脚でルナに寄りかかりながら甘えるダークウルフを見ながらアレンはそう考える。

確かに特異体質として獣に好かれたり、幼い頃から獣と一緒に過ごしていたから警戒心を持たれなかったりする事例はあるが、それが魔物とは一体どういう事だろうか？　魔物は基本人間を襲う傾向がある。ルナが別なのはどういう訳か？　アレンは様々な可能性を考えるが、やはり分からない。彼はそもそも勘違いをしているのだから。

ルナは魔王である。魔物とは魔族と種族が近い生き物。すなわち魔物達にとっても魔王であるルナは自分達の王なのだ。故に恐れる者、逃げ出す者、純粋に好意を示す魔物達が存在する。ルナも薄々と自分のその体質には気付いており、勇者であるリーシャもその事には気が付いていた。

「ルナ！　私にもクロ触らせてよ！」

「良いけど……また噛《か》まれても知らないよ？」

「うっ……確かにそれはやだな」

いつの間にか名前も付けていたらしく、ダークウルフのクロに懐かれているルナを見て羨ましく思ったリーシャはせがんだ。ルナも別にそれを断るような事はしなかったが、噛まれないように注意をするとリーシャはちょっとだけ青い表情を浮かべた。どうやら前にも噛まれた事があるらしい。

「良いなー、私も魔物とじゃれ合いたいよ」

「でもリーシャは動物と仲良いじゃん。リスとか鳥とか……」

「それはそうだけどー」

結局クロにまた噛まれる事を恐れてリーシャは手を引いた。普段は何事にも積極的なリーシャだが、今回はやけに素直に引く。それ故か不満そうに頬を膨らませてそう言葉を述べた。ルナはリーシャは動物と仲が良いじゃないかと言うが、リーシャはそれだけでは納得しなさそうに唇《くちびる》を尖《とが》らせた。

「それにしても中々魔物出て来ないね。父さん」

「そうだな……やっぱりルナが居るからかもな」

そのまましばらく歩き続け、魔物や獣に一切出会う事なく狩猟と言う名の散歩が続いて行く。

別に狩る事が目的ではないので遭遇しないのは別に良い事なのだが、流石にこんなに生き物と出会わないのにはアレンは疑問を抱いた。やはり魔物に襲われない体質のあるルナが居るからだろうか？　そんな事を思って顔だけ振り返ってルナを見ると、疲れてしまったのかいつの間にか寝ていたクロを抱えながらルナは歩いていた。それを見てアレンはついほっこりと暖かい気持ちになる。

「……ん？」

ふと動かし続けていた歩みを止めてアレンは目を細める。その父のいつもとは違う行動にリーシャとルナは立ち止まった。リーシャも何か異変を感じ取り、腰にある剣の柄に手を添える。

アレンは静かに辺りの様子を探る。別段いつも見る森と変わらないが、いつもと木々の雰囲気が違うように見える。しばらくそのまま様子を見ていると、アレンはようやくその違和感に気が付いた。

「これは……珍しいな。森の小精霊達か」

眺めていた木々がやがてほのかに光り始め、辺りに蛍のように小さな光を放つ何かが飛び始める。淡く綺麗な色をした光にリーシャとルナも目を奪われ、先程までの警戒を一気に解いてしまった。

「父さん、何これ？　光ってるよ？」

「これは精霊だよ。前に本で読んであげただろう？　滅多に人前には姿を見せないんだが……縁起物だな」

辺りを飛び回っている光に触れながらアレンはリーシャの疑問にそう答える。

精霊は木々や岩、川や山といった様々な自然に宿る神聖な生き物。一種のエネルギーとも言える。一部の魔法には彼らが司る力を詠唱で借りる形で使用する物もあり、時には人の傷を癒《いや》してくれる事もある。普段は姿を見せる事はなく、こうして目に見える形として見られる事は希少である。

「へー、凄ーい。綺麗ー」

「なんか……リーシャに集まってきている気がする」

「え？　あ、本当だ！　何で？」

ふと気が付くと小精霊達がリーシャの元に集まり始めて来ていた。

精霊は魔力が強い者だったり、何か特殊な力を持っている者に集まる事がある。魔力が多いのならばルナのはずなのだが、何故リーシャの方に集まるのだろうとアレンは疑問に思った。リーシャは集まってくる小精霊達を見て喜び、頭にくっ付いた精霊を指で突いている。

「うーん、リーシャは小精霊に好かれたのかな？　何にせよ精霊は悪い物から身を守ってくれる頼もしい存在だ。好かれて損は無いぞ」

「良いなぁ……」

何故リーシャの元に小精霊が集まるのかは分からないが、いずれにせよ精霊とは人間にとっても良い存在であり、災いや悪い力を退けてくれる力がある。これと言った害もないし心配する必要はないだろう。

リーシャが小精霊に好かれてるのを見てルナは羨ましそうにクロを抱きしめた。アレンはそれを見て優しい笑みを浮かべる。

――勇者を解放せよ……。

「……ん？」

一瞬、アレンの耳に妙な声が聞こえて来た。女性の声。掠《かす》れた声で、何かを訴えるような声色だった。しかし一瞬だった為にアレンは空耳かなと首を傾げる。

――勇者を、人々の希望を……解放せよ……!!

「……ッ！」

また声が聞こえてくる。今度は先程よりも大きな声で。しかし掠れた声である為に何と言っているかは聞き取る事が出来ず、やっぱり何かの空耳なのだろうかと自身の髪を掻いた。

「お父さん、どうかしたの？」

「いや……何か聞こえた気がしたんだが……気のせいかな？」

ふとルナに声を掛けられ、アレンはうーんと唸《うな》りながらそう答えた。

何か切羽詰まったような声色だったのだが、聞き取れないのだからどうしようもない。

そもそも辺りから人の気配はしないし、やっぱり気のせいだったのだろうとアレンは勝手に納得した。

「さて、そろそろ帰るか二人共……ん？　リーシャ？」

「………………」

結局今回は魔物と全然遭遇しなかったし、そろそろ村に戻ろうと判断したアレンは子供達にそう声を掛ける。クロを抱えているルナも頷いて戻ろうとするアレンの後ろに付いた。

するとリーシャだけが付いてこない。いつもなら一目散にアレンに抱き着くはずなのに。

不思議に思ったアレンが振り返ると、そこでは立ち止まったままリーシャが神妙な顔つきのまま宙を見上げていた。

「リーシャ？　帰るぞ」

「……ん、あ！　はーい。父さん」

いつものリーシャらしくない様子にアレンは不思議に思うが、別に気にする事なく普通に声を掛ける。するとリーシャも何でもなかったように慌ててアレンの方に近づき、いつものように抱き着いて来た。やれやれと思いながらアレンはリーシャの頭を撫で、村へと戻った。

いつものように畑でとれた野菜の料理で夕食を囲み、お腹いっぱいになった後、三人はそれぞれの寝床に付く。リーシャとルナは一緒の部屋で眠っている。ベッドは別々だが、時折リーシャはルナのベッドに潜り込む事があった。今夜はリーシャも自分のベッドで大人しく眠っている。だがそんな薄暗い部屋の中に、扉の隙間から小さな光の球が入り込んで来た。淡い光を放ちながら、リーシャの上をクルクルと舞っている。

「……んぅ」

するとリーシャは重たい瞼《まぶた》を開けてその光に気が付き、眠たそうに目を擦りながらも身体を起こした。しばらくそれを凝視し、何かに勘づいたように真剣な表情を浮かべる。

「………」

リーシャは身体を起こして静かにベッドを降りながら床に足を付いた。すると光はまるでリーシャを導くように移動を始め、扉の隙間から出て行った。リーシャもそれに続こうとする。すると床の軋《きし》む音で目が覚めたのか、眠たそうな顔をしながらルナが顔を起こした。

「んんぅ……どうしたの？　リーシャ」

「何でもないよ。ルナはまだ寝てて良いよ」

「んー……おやすみぃ」

起きているリーシャを不思議に思ってルナは殆ど目を瞑った状態のまま話し掛ける。どうやら寝ぼけているらしい。リーシャは優しく笑い掛け、安心させるようにそう言った。するとルナもこれはただの夢だと思ったのか、パタンと枕に顔を埋めると再びすぅすぅと寝息を立て始めた。その様子を見てリーシャは可愛らしいと思って笑みを零した後、気を引き締め直して部屋を出た。

薄暗い廊下の中をほのかな光の球が移動し、リーシャもその後を追う。やがて光の球は家の庭へと出て行った。外は肌寒かったが、リーシャは気にする事なく寝間着の姿のまま靴を履いてそこに足を踏み入れた。

そこは明らかに普段とは雰囲気が違う空間だった。いつもアレンとリーシャが剣の特訓をする庭であるが、辺りには昼間に見た小精霊達がたくさん跳び回っており、優しい光を放っている。そしてそんな中心で、一際大きな光を放つ巨大な球体が宙に浮かんでいた。

リーシャはそれを見て少しだけ警戒するように目を細めた。

「……貴方？　昼間私に呼びかけてたのは……？」

「ようやくお会いする事が出来ましたね……」

リーシャがポケットに手を突っ込みながら話し掛けると、巨大な光の球が強く輝き始め、粒子と共にそこから女性が現れた。しかし人間の姿とは違って光に包まれていて、巨大な翼のようなものが背中から生えており、感じる気配も明らかに人間とは違う。その女性はリーシャに警戒心を持たせないよう、優しく笑いかけた。

「私は精霊の女王。貴方を正しい道に戻す為、お迎えに上がりました……勇者様」

光り輝く女性、精霊の女王は身体を屈めてリーシャに服従するように頭を下げるとそう言葉を述べた。リーシャはただそれを、怪訝そうな表情を浮かべながら見下ろしていた。

女王は勇者であるリーシャに熱い視線を向けていた。まるで長年探し求めていた物にようやく辿り着いたような、そんな満足そうな瞳。否、実際に彼女はリーシャの事を探し求めていたのだ。

「ずっと貴方様を探しておりました……まさかこんな辺境の森の中に居たとは……」

「ふぅん……それで、私に何の用？」

一方でリーシャは精霊の女王と対面しても何の感動も得られなかった。確かに昼間にあった小精霊達は可愛かったし、触ってみると力が沸き上がるような気がした。勇者である自分に利がある存在だという事は理解出来た。だがそれだけだ。リーシャの中では精霊とはそれだけの存在であり、家族であるアレンやルナの方がずっと大切な存在であった。だからリーシャは女王に対しても何の興味も見せず、冷めた視線を向けた。

「お迎えに来たのです。貴方様はこんな所に居るべき人ではありません。選ばれし勇者である貴方様にはもっとふさわしい場所が……」

女王は身体を起こして再び宙に浮きながらリーシャの質問に答えた。

勇者であるリーシャにはもっとふさわしい場所がある。こんな山の中ではなく、勇者として最大限の力が発揮出来る場所があると。しかしリーシャはそれを聞いても表情を変えず、何の反応も示さなかった。

「ふーん……それだけ？　悪いけど私はこの村が好きだから。ここから離れるつもりはないわ」

「なっ……!?　貴方様は勇者なのですよ？　魔王を退ける力を持つ唯一の人間。貴方には宿命が……」

「そんなの知らないし。確かに私は勇者だけど、今の世界って平和じゃん。わざわざ私が出る必要なんてないでしょ」

リーシャの答えを聞いて女王は信じられないと一瞬表情を強張らせた。

勇者として生まれた者には特別な力とその宿命が課せられる。つまりリーシャも生まれた時から自分の運命を理解しているはずなのだ。だというのに彼女はその役目を放棄すると言った。こんな事は歴代の勇者を見て来た女王にとって初めての反応だった。故に困惑する。

「ど、どういうおつもりですか……？　やはり、あの人間の男に毒されてしまったのですか？　こんな田舎に住む薄汚い人間……ましてやあの男は魔王すらも手中に収めようとして……」

「父さんの悪口をそれ以上言ったら、私は貴方を許さない」

リーシャの反応を見てアレンが何かしら入れ知恵をしたのではないかと考えた女王はアレンを蔑むような言葉を述べた。

女王は小精霊達を通してアレン達の生活を覗き見ていたのだ。そしてリーシャが勇者である事を見抜き、同時にルナのとてつもない魔力から魔王である事を感じ取った。その二人を手中に収めているのだから、アレンは何かしら企んでいるのではと考え、女王はアレンを蔑んだのだ。

しかしそれは過ちだった。一瞬リーシャからとてつもない殺気が飛び出した。子供ながらも勇者である彼女から放たれた殺気は女王を震わせ、辺りを舞っていた小精霊達も散ってしまった。

「……ッ！　も、申し訳ありません……しかし貴方様は選ばれし勇者！　人々の希望なのですよ⁉」

「だから知らないって。私はルナの事が大好きだし、大切な妹を傷つけるような事は絶対にしない。だから勇者の役目なんて全うしない」

女王は何とかリーシャに勇者としての役目を全うしてもらおうと説得するが、リーシャはそれに一切応じなかった。

彼女にとってルナはまさしく妹のような存在。ずっと一緒に過ごして来た大切な人である。そんなルナを魔王という理由だけでリーシャは裏切るつもりはない。その確固たる決意は数年前からリーシャはしていた。今更女王の呼びかけくらいで心変わりするような事はなかった。

「だいたい私とルナが外に出ないからこそ、人間と魔族は睨み合ったまま手を出さないでいる。そこで私達が出たら正に火に油でしょ」

今の世界は人間と魔族もお互いに手を出さない拮抗した状態が続いている。大昔に勇者と魔王が相打ちになって一つの大陸が消し飛んで以来、お互いに被害を恐れて睨み合ったままでいるのだ。そこで勇者と魔王であるリーシャとルナがどちらかでも現れたら、その国は一気に相手の大陸を攻め込もうとするだろう。

女王は憎き魔族を滅ぼしたいという気持ちからリーシャに戦争に勝ってもらいたいと思っていた。故に戦争が起こる事など当然と考えている。だが平和な村で育ってきたリーシャからすれば、何故わざわざ自分から戦争を起こそうとするのだろうかと疑問に思っていた。そこが二人の決定的な違いであった。

「魔族を滅ぼしたくはないのですか？　奴らは悪。根絶やしにしなければ……」

「私はルナと過ごしていて魔族なんて人間と何ら変わらないと思った。魔族だから悪、なんて私は決めつけたくない」

「……ッ！」

人間ならば誰もが思うはずである「魔族は悪」。しかし勇者であるリーシャは全くそんな事は感じていなかった。

実際魔族というのは様々な種族が居るが、結局は亜種族と同じ、見た目が少し違ったり、魔力量が違ったりするくらいである。それ以外はこの世界で生きる種族と何も変わらない。たまたま歴史の流れから彼らが悪と思われるようになってしまっただけだ。

女王は諦めたように小さく息を吐いた。冷たい風が吹き始める。

「そうですか……どうやら貴方様には本当に戦う意思がないご様子……」

これ以上の説得は不可能と女王は判断する。

本当なら勇者を導き、王都やこの村よりももっと大きい街にリーシャを連れて、もっと勇者としてふさわしい教育を受けてもらおうと思ったが、それは叶わないと分かった。それならば手段を変えるのみ。女王は目つきを鋭くした。

「でしたら、力ずくで連れ出すしかありませんね！」

豹変した女王は翼を大きく広げると辺りの小精霊達に命令してリーシャに襲い掛からせた。辛い選択ではあるが、勇者本人に付いて来る意思が無いのならば仕方が無い。いくら勇者と言えどまだ子供。精霊の女王の自分ならば十分抑え込める。そう女王は考えていた。

「……ほいっと」

しかしそれもまた過ちであった。リーシャは一切動じる事なく、向かって来る小精霊達に手を向けると静かに手の先に力を込めた。それだけで、向かって行っていた小精霊達はピタリとその場で静止した。

「良いの？　勇者に付き従う貴方達が、私に歯向かって？」

「なっ……まさか、もうそこまで勇者の力を使いこなせるように……ッ!?」

女王は驚愕の表情を浮かべる。何故なら今しがたリーシャが行った事は、本来ならば勇者が精霊の女王である自分の元で修行して身に付ける力のはずだからだ。

勇者は人々の希望。同時に精霊の加護も授かっている特殊な人間。その力は極めれば精霊すらも操れるようになり、それはすなわち魔力の根源である精霊を自由自在に、攻撃にも回復にも使えるという事である。

普通ならばそのような技は上級の精霊の元に長い指導を経て学ぶ技のはずである。だがリーシャはまだ子供にもかかわらず、その技を駆使してみせた。

（父さんからリスや鳥みたいな小動物を手なずける方法を教えてもらったからね。その要領で精霊も簡単に操れる）

余裕の笑みを浮かべながらリーシャは指を動かして止まっていた小精霊達を自分の元へと集める。

リーシャは森で過ごし、アレンから動物達との触れ合い方を学んでいた。小精霊達ともその要領で触れ合ったら、すぐに自分の言う事を聞いてくれたのだ。流石は私の父さん、と思いながらリーシャは笑みを浮かべる。

「まさか……あの男が教えたのですか？　一体あの男は何者……!?」

しかし事態を飲み込めない女王はリーシャが高度な技をもう身に付けているのだと思い、それを教えたのはアレンなのではないかと推測した。あながち間違っていないが、厳密には違う。しかしその事を知らないリーシャは満面の笑みを浮かべる。

「そうよ。私の父さんは凄い人なの。貴方なんて全然相手にならないんだから」

「……くっ！」

失策だ。勇者であるリーシャよりも先にあの男を対処しておくべきだった、と女王は後悔する。まさかただの村人だと思っていたアレンがここまで勇者を手なずけているとは思わず、女王は改めて恐怖する。一体あの男は何者なのかと？

（勇者と魔王を同時に育て……ここまで実力を積ませるなんて……あの男の目的は一体……⁉）

本来ならば勇者一人を育てるだけでも大変な事である。育てるだけならまだ簡単だが、問題はその成長性。

勇者は正に百年に一人と言える程の才能を秘めている。故にその才能を最大限まで伸ばせる教えが出来る人間はそう居ない。勇者ならば一人でも強くなる事が出来るし、魔物と戦っていれば勝手に強くなる。だがその才能を活かした成長をするには他者からの教えが必要だ。故に勇者が現れた場合は王都で歴戦の騎士や王宮魔導士からの教えを受けるように指示を出している。それくらいの施設と人員が居なければ勇者は制御出来ない程の才能を秘めているのだ。

だが、それをこんな辺境の村で、ましてや魔王という勇者に匹敵する力を持つ子供まで一緒にアレンは育てた。それも二人の力をとてつもなく強大にしながら。

（あの男は……この大陸どころか、世界を支配しようとでも考えているのですか……!?）

勇者一人でも城一つを崩壊させる程の力を持っている。それを魔王も。強大過ぎる二人を一緒に育てるなど、一体どんな目的を以てしてそんな事をするのか？　考えた末女王の頭に浮かんだのは最悪の予測だった。もしもそんな事が起これば……人間の国の危機だけではない。全ての種族が危険に晒される。女王は光の身体でも分かるくらい表情を真っ青にした。

「分かりました……今回は引きましょう……ですがまた、お会いするでしょう。その時こそ貴方を勇者として……」

今自分が相手にしているのがどれだけ強大な存在かを理解した後、表情を暗くしながら女王はそう言って身を引いた。リーシャがその気になれば精霊である彼女など簡単に消滅させる事が出来る。それを恐れた女王は今回説得する事は不可能だと理解し、その姿を消した。続いて小精霊達も姿を消し、残されたリーシャは小さくくしゃみをする。

「……くしゅん！……はぁ、面倒くさい人だった」

流石に真夜中の外は寒いため、女王が居なくなった途端リーシャは肩を震わせ始めた。このままだと風邪引いてしまうかなと不安に思って振り返ると、そこにはある生き物が座っていた。

「……何よクロ。私が本当にあの精霊に付いて行くと思ったの？」

「ワン」

　そこに居たのはダークウルフの子供、クロであった。別に飼っている訳ではないのだがクロはルナに懐いている為、時折家の庭に居たりする。きっと今回もルナが恋しくて庭に居たのだろう。リーシャは両腕を抑えながら少し寒そうに息を吐きながらクロの事を見つめた。

　魔物としての本能か、それとも単純に見ていただけなのか。それにしては都合よく現れたようにもリーシャは思える。本来勇者であるリーシャは魔物に真っ先に狙われる存在。今クロに襲われないのはルナの大切な人だからと分かっているからなのか。一度クロに噛まれた思い出がある為、あまりクロに近寄れないリーシャはまるで悪友にでも話し掛けるようにクスリと笑みを浮かべながら口を開いた。

「言ったでしょ。私は父さんとルナが大好き。ここを離れるつもりなんて全然ないし、勇者の役目なんて知ったこっちゃないもん」

　ポケットに手を突っ込み、つま先で地面を突きながらリーシャは呟くようにそう述べた。言葉を喋らないクロがそれを理解しているか分からないが、クロははっはっと舌を出しながらリーシャの事を見上げ続けていた。

「それに、姉は妹を守るもんだからね。私がルナを裏切る訳ないでしょ」

「ワン！」

何よりリーシャはルナの事が大好きである。たとえ魔王であっても守る。それくらい大切に思っている。だから満面の笑みを浮かべながらリーシャはそう言い切った。それに賛同するようにクロは吠える。

「さてと……そろそろ家に戻ろっかな。このままだと風邪引いちゃうし。また明日ね、クロ」

「ワフ」

いい加減寒くなって来たのでリーシャは肩を震わせながらそう言い、最後にクロの頭を撫でようとした。だがやっぱりまた噛まれるのが怖くなり、手を引っ込めるとさっさと家の中に戻って行った。残されたクロもまた今日は住処に戻ろうと考え、その場を去った。


国王は焦りを覚えていた。預言が出てからもう八年。本来なら王都に勇者を迎え入れ、必要な訓練を施している頃。だというのに未だ勇者が発見された報告はされず、城の者達は不安に覆われている。

「何故だ……何故未だに勇者が見つからんのだ。兵士達には念入りに調べるように伝えたはずだぞ……ッ」

玉座に座りながら頭を抱えて国王は不安そうにそう言葉を零す。幾分かしわが増え、目の下には隈も出来ていた。大分疲れてが出てきているようだ。

あれから勇者を隠している不届き者が居るかも知れないという事で兵士達には念入りに子供を調べるように伝えた。兵団を率いる隊長達はいずれも信頼の置ける人物達だ。だから見逃すなどあるはずがない。だというのに未だに勇者が見つけられないというのは一体どういう事なのか？

更に国王にはもう一つ不安があった。それはあれから新たに預言者から言われた預言。その預言には恐ろしい内容が含まれていたのだ。

「魔王は既に才能を開花せし、今再び世界に闇が広がる……この預言もまた間違いないのだな？　預言者ファルシアよ」

「はっ……陛下。中々勇者は現れませんが、魔王が目覚めている事は確実だと思われます」

先日あった預言を口にし、国王は念を押すように預言者にそう尋ねる。横で控えていた青いローブを纏った女性、ファルシアは膝を付いて頭を垂れながら答えた。それを聞いて国王は静かに息を吐いた。

「確かに、最近は魔物達の動きも活発化しておる……暗黒大陸で何らかの異変があったのは確かであろう……」

このところ魔物の出現率が上がっており、街が襲われるという被害もあった。魔物達の異変はすなわち魔族達に何らかの異変があった事を意味する。もしも預言通りだとするならば、魔王が力に目覚めたという事になる。

未だに世の中は預言の通りに魔王も現れていないが、それは魔族達がまだ魔王を隠しているという可能性がある。少しずつ力を蓄え、兵団を強くしている可能性もあった。それを予測した国王は一気に不安に襲われた。敵国はどんどん力を付けていくのに対し、自分達の国は未だに勇者すら見つけられていない。実に不味い状況であった。

(不味いぞ……このまま勇者が見つけられなければ我々は魔族に滅ぼされてしまうかも知れない。何としても勇者を見つけなければ……!)

魔王を倒せるのは勇者だけ。故に勇者は何としても確保しなければならない戦力。国王は歯を食いしばり何とかしなければならないと必死な形相を浮かべた。その様子を見て最近の国王のやつれ具合を知っている預言者は複雑な表情を浮かべる。

預言者は自分の力で預言を言う訳ではない。大地や自然、精霊に語り掛けてその言葉を聞き、預言を言うのである。つまるところは自身は語り部。しかしその預言によって国王が苦しんでいる姿を見るのは、国に仕える預言者として心苦しいものがあった。

そんな時、ふと国王はある事を思い出す。額を掻いていた指を止め、その淀んだ瞳に僅かな光を灯す。

「そう言えば……先日ケンタウロスとの戦闘で負傷したジークが居たな」

「は、はい……ジーク隊長ならもう怪我は治ったと聞きましたが……それがどうか致しましたか？」

指を上げながら国王は確かめるようにそう言う。預言者もその事は先日耳にしたばかりの為、よく覚えていた。

何でも勇者探しの途中で立ち寄った村にケンタウロスが現れ、それとの戦闘で負傷してしまったとか。確かに兵団の隊長であるジークは他者を見下す傾向がある為、大方油断して怪我を負ってしまったのだろうと預言者は推測していた。

「確か奴が調査していた西の村の近くの山にももう一つ村があったはずだ」

今回隊長に調べさせたのは西の村を中心とした地域だけ。だがその近くの山の中にも村があった事を国王は思い出した。何分あまりにも辺境の土地の為、調査範囲にすら入っていなかったのだ。

「念の為そこも調査に向かうようにジークに言っておけ。まぁ田舎の地域だから勇者が見つかる可能性は限りなく低いだろうがな……」

「承知いたしました。直ちに兵団に伝えてまいります」

もしかしたらという希望を僅かに抱きながら国王はそう指示を出す。流石に勇者があんな辺境の土地に居るとは思わないが、念の為だ。そう思いながら国王は椅子にもたれ掛かった。

預言者はお辞儀をすると命令に従い、部屋から立ち去った。残された国王は疲れたように一つため息を吐いた。


「ん、むむむ～……」

「おぉ～……」

天気の良いある日、アレンとルナは庭で魔法の練習をしていた。普段は家の中で授業を行うのだが、実践的な事をする時は外に出るようにしている。そして今回ルナはある大技に挑戦していた。

目の前にある少し小ぶりな岩に向かってルナは手を向け、意識を集中させる。すると足元の影が揺らめき、蛇のようにヌルヌルと動き出してその岩に巻き付き始めた。そして次の瞬間、影の締め付けによって岩は粉々に砕け散った。

「ぷはぁ……！」

「おおー！　成功だルナ！　凄いな、闇魔法を使えるなんて……！」

影を戻し、魔法が上手く行った事を知るとルナは疲れたように息を吐いて額から汗を流した。アレンも喜び、手を叩きながらルナの事を褒《ほ》める。

今しがたルナが見せたのは闇魔法。魔法の中でも習得するのは高難易度とされており、同時に人々からは敬遠されている魔法でもある。

闇魔法は魔族に適性がある魔法で人間も使えるのだが、敵国の者が主に使っている魔法を使いたくないという理由から習得しようとしない者が多かった。と言っても歴戦の魔術師の中には闇魔法を習得している者も居るし、有名な術師の中にも闇魔法だけを極めた変わり者も居る。決して闇魔法自体が忌み嫌われている訳ではない。

「お父さんのおかげだよ……色々教えてくれたから」

「いやいや、俺は闇魔法使えないし……本とか読んで勉強しただけだから。一番頑張ったのはルナ自身だよ」

「えへへ……」

流石のルナでも初めて闇魔法を使ったのには疲れたのか、表情に僅かに疲労が出ていた。けれど魔法が成功した事の方が嬉しいのか、アレンに向かって満面の笑みを浮かべている。

アレンもそんなルナの事を可愛らしく思い、うんうんと頷いた。

実際闇魔法は強力な魔法だが消費魔力が多く、また制御も難しい。その事から魔力が多い者でないと使いこなせない傾向があり、魔族は闇魔法に適性がある事からその両方に適していた。

ルナは魔力が多いから使えるかも知れないとアレンは前々から考えていたが、まさかここまで制御出来るとはと内心驚いていた。

(俺が冒険者だった時も闇魔法が使える奴はギルドに数人しか居なかったし……やっぱりルナは天才だな)

アレンは昔の事を思い出しながらルナの凄さを改めて実感する。

ルナの場合は魔族である為に適性が高いだけなのだが、それも魔王である彼女が扱う闇魔法が通常よりも強力なのは事実。そしていくら魔族でもまだ子供なのにここまでの完成度の闇魔法を扱えるのは凄い事であった。アレンは自分がどれだけ恐ろしい事をしているか気付かない。街の魔術師が聞いたらきっと卒倒してしまう事であろう。

(良いもんだな……若いってのは)

ついついアレンは髭を弄りながらそんな事を考えてしまう。

かつて自分が戦いに没頭する冒険者だったからこそ分かる。ルナがどれだけ凄い事をしているかが。色んな魔法に手を出したアレンでも使えなかった闇魔法。消費魔力は多いがその強さと利便性は高く、どんな状況をも打開してくれる鍵となる。もし自分が若い時闇魔法が使えていれば、自分は違う道を歩んでいたかも知れない。アレンはらしくもなくそんなもしもの話を考えていた。

「ワフワフ」

「ははは、クロも喜んでくれてるぞ」

「ありがとう、クロ」

「ワゥン」

ふと見るとずっと魔法の練習の様子を眺めているだけだったクロがルナにすり寄って来ていた。まるで魔法が成功した事を祝福しているかのようだ。ルナもクロの頭を撫でてやりながら笑みを零した。

それから二人は休息を取る事にする。椅子代わりに庭に置かれている丸太に腰掛けながらアレンはおやつ用に用意しておいたお菓子をルナに手渡した。小麦で作った簡単なお菓子だが、ルナはそれを美味しそうに頬張った。

「ところで、ルナは将来なりたいものとかあるか？」

「えー……？」

ルナがお菓子を食べている途中、アレンは足元でじゃれているクロと戯れながらそんな事を尋ねた。

他愛ない質問であったが、これからの事を考えれば十分重要な質問である。アレンはちょっとだけ緊張しながらルナの事を見た。

「大人になったら街で働きたいとか、王都に行ってみたいとかあるだろう？　ルナの実力なら王宮に魔術師として勤める事だって出来るぞ？」

ルナの魔法センスは天才的だ。火魔法や水魔法と言った大抵の属性魔法は扱え、高難度と言われている治癒魔法や闇魔法まで扱えるようになった。それでもまだ子供なのだから伸びしろはまだまだあるだろう。それだけの実力と才能を持った子なら王宮でも魔術師として雇ってくれるはずだ。それならルナも今よりももっと良い生活が出来る。アレンはそう考えていた。だが、ルナの表情は変わらなかった。

「んー……確かにおっきな街を一度は見てみたいとは思うけど……そこに住みたいとは思わないかなぁ」

意外な事にルナはアレンが思っているような生活を望んでいなかった。お菓子を食べ終えた、手に付いたお菓子の欠片はクロにあげる。クロはペロペロとルナの指を舐めた。

「なんでだい？」

「私、この村の事好きだし……お父さんと離れ離れになりたくないし、リーシャとも一緒に居たいから……だから、今のままで良い」

ルナの答えはひどく単純な物であった。要するに今の生活が好きだからそこから離れたくない。この村に住む大抵の者なら抱く感情と同じだ。

元々リーシャやルナは森で拾った赤ん坊の為、ひょっとしたら村の者達とは違う感情、かつて自分が冒険者になりたいと思ったように強い野心があるのではないかとアレンは思ったが、どうやらその心配はなかったようだ。それよりも自分と一緒に居たいと言ってくれた事に嬉しさがあった。たとえそれが子供の内の感情だと分かっていても。

「それに……私達が外に出たら大変だもんね」

ポツリとルナはそう口にする。しかしアレンにはその小さな声は聞こえなかった。

ルナは自分が魔王である事から外の世界に出たら混乱になる事は分かっている。だから将来外の世界に出たいなど思わないし、この村の事が好きなのは事実である為、何の不満も抱かなかった。

強いてルナが知りたい事と言えば……自分とリーシャの育ての親であるアレンが自分達を育てる前はどのような人物だったのか、どのような生き方をしていたのかが知りたいくらいだった。故にいずれはアレンがかつて冒険者として暮らしていた王都にも行ってみたいとは心の隅で思っていた。

「あのね、私……お父さんの事が大好きだよ……すっごく」

「そうかい。俺もルナ達が何よりも大切だよ」

ふいにルナは少し照れたように頬を赤く染めながらアレンにそう告白した。日頃から思っている事ではあるが、少し気弱なルナからすれば言葉にしなければその想いに自信が持てないのだ。だから彼女は改めてそう口にした。――――たとえ血が繋がっていなくても、と心の中で付け足しながら。

「私、お父さんの為なら何だって出来る……魔法だっていっぱい勉強するし、裁縫も頑張る……お料理はまだリーシャみたいに上手くは出来ないけど……もっと頑張る！」

アレンの事を熱い視線で見つめながら、ルナはそう言葉を続けた。

その言葉には強い熱意が込められている。これはルナの一種の決意、そして願いでもあった。

アレンから天才的に思われてるルナだが、ルナ自身は自分の事をまだまだだと思っている。だから願うのだ。今の平穏な生活が続くように。

「だから、ずっとお父さんの傍に居させて……？」

「ああ、もちろん良いよ」

ルナの願いに対してアレンは迷うことなく答えた。

アレンはそれが親と一緒に居たいと願う子供心だと思ったからだ。だがルナの願いはそんな程度のものではなかった。

彼女は切実に願っている。魔族としての自分を受け入れて欲しいと心の中では強く望んでいるのだ。アレンはその本当の思いを見抜く事は出来なかったが、それでもルナからすればアレンの口から出た答えだけで満足だった。

「俺がルナ達をひとりぼっちにさせる訳ないだろう？　ずっと一緒に居るさ」

「えへへ、ありがとう……」

ちょっと不安そうな顔をしていたルナの頭を撫でてやりながらアレンはそう言った。

ずっとは無理だろうが、それでも自分が動ける内は彼女達を守ってやらなければならない。あの日二人の赤ん坊を拾い、育てる事になった時からアレンはその責任を抱えているのだ。中途半端にその責任を投げ出す訳には行かない。もっとも、リーシャとルナは既に自分が守らなくても大丈夫なくらい強くなっているが、と心の中で呟きながらアレンは笑みを零した。

その日、アレンとリーシャはいつものように庭で剣の特訓をしていた。木剣で戦う二人の様子をルナはクロと共に丸太に座りながら眺めている。二人の攻防は激しく、模擬戦であるのにまるで本気で戦っているかのようであった。

「今日こそ……父さんに勝つ！」

額から汗を流しながらリーシャは瞳を力強く輝かせてそう言い放つ。

どうやら今回はかなり本気のようで、打ち込んでくる剣にも力が込められている。アレンはリーシャの成長をひしひしと感じながらその剣を受け流し続けた。

「はぁ……ッ!!」

「おっと……！」

まだ子供である為当然リーチの差はある。だがリーシャはそれを不利だとは考えず、素早さを活かしてアレンの懐に入り込み、距離を取らせないようにした。真下から嵐のごとく剣を打ち込んでくるリーシャをアレンは冷静にいなしながら、どのように行動するか分析した。

（リーシャの奴、本当に強くなったな……この分じゃ本当に俺が追い越されてしまいそうだ）

リーシャの強い一撃を受け流し続けながらアレンは感慨深くそう思う。

最近リーシャの成長は著しい。ただでさえ精霊の恩恵を受けて治癒能力や悪い力を払う効果を得ているのに、剣術だけでも十分アレンに追い付く程であった。現に最近調子が良いアレンでさえ、リーシャの一撃を受ける度に手に電流が走ったかのように強い痺《しび》れが起こる。今まさに彼女は最高の成長期であった。

「えいッ!!」

「……むっ！」

リーシャの木剣が掻い潜るようにアレンの手元の所まで伸びて来た。すんでの所でアレンは木剣でそれを受け止めるが、剣の根元部分を取られた。リーシャの狙いはそれだったのだ。

次の瞬間、リーシャは思い切り力を込めて木剣を振るうと、アレンの手が弾かれて木剣が宙を舞った。それを見た瞬間リーシャは自身の勝利を確信する。

「勝った……！」

満面の笑みを浮かべて思わずリーシャはそう呟く。しかしそれは驕りであった。

アレンはまだ勝負に負けた瞳をしていない。未だに鋭く輝きながら、一切の集中力を切らさずに舞っている木剣を見続けていた。

それにリーシャが気付いた時にはもう遅かった。彼女がとどめの一撃として木剣を振るう前に、アレンは跳躍して宙を舞っている木剣を掴むとそれをそのままリーシャに振り下ろした。

「……ひっ！」

ピタリ、とリーシャの眼前で木剣が止まる。自分の目の前に迫って来た木剣を見てリーシャは思わず悲鳴を上げてしまい、アレンに振るおうとしていた木剣を止めてしまっていた。

「ほい、俺の勝ち」

「……う、うぅ～……」

アレンは小さく息を吐いてから木剣を戻し、トントンと木剣で肩を叩きながらそう言った。自分が敗北した事を理解したリーシャは悔しそうに顔をしわくちゃにし、その場にズルズルと崩れ落ちた。

「また父さんに負けた～！　今回は絶対に勝ったと思ったのにー!!」

良い所までいっただけに今回の悔しさは大きく、リーシャはいつも以上に情けない事を上げながら悔しがった。木剣をバンバンと地面に叩きつけ、不満を訴える姿は実に子供らしい。

「ああ、今回は本当に危なかったよ。だが油断したリーシャが悪かったな。剣を飛ばした後すぐに俺にとどめの一撃を打ち込めば、勝利は確実だったのに」

アレンも肩に木剣を乗せたまま困ったように笑いながらリーシャにそう言った。

実際の所今回のアレンはかなりギリギリだった。あのままリーシャの強い一撃を受け続けていればきっと先に手の限界が来て負けていただろう。勝利を急いだリーシャだったからこそ、アレンは不意を突いて勝つ事が出来たのだ。だがリーシャがそれを聞いて納得しない事も分かっていた。だからこそアレンはまだまだリーシャの目標でいる為に、より鍛錬をしなければと改めて心に誓った。

「うぅ～……次は……次こそは絶対に父さんに勝つ！」

「ははは、ああ、楽しみにしてるよ」

リーシャは身体を起こして瞳を熱く燃やしながらそう宣言した。もう何度も聞いた台詞であるが、いつもよりも凄みのある台詞である為、リーシャの本気具合がうかがえた。アレンはそれを聞いていつものように笑って頷いた。

「惜しかったね、リーシャ」

「うぅぅ……ルナ～」

勝負が付いたのを見届けて近づいて来たルナがリーシャの事を励ます。するとやっぱり悔しさがいつもより大きかったのか、リーシャは泣きつくようにルナに抱き着いた。ルナはそれをよしよしと言って頭を撫でながら受け入れた。姉妹の立場が逆転だ。

（俺もうかうかしてたら次は本当に追い越されちまうかもなぁ……）

その様子を見ながら頭を掻いてアレンはそう心の中で思う。

いずれ超えられてしまう事は分かっているが、それでも出来るだけ長い間彼女達の目標でいたい。それは年寄りの驕りであろうか、とアレンは誰か答えてくれる訳もない疑問を心の中で呟いた。

それからクロもやって来てリーシャは抱き着こうとしたが、クロはそれを華麗に避けてリーシャを転ばせた。やはり魔物であるクロは中々リーシャに懐かず、むしろ嫌われている傾向もある。リーシャは涙目になりながらなにくそとクロを追い掛けた。

「やぁアレン、素晴らしい戦いぶりじゃったのぉ」

「ああ、村長。どうかしたのか？」

ふと横から声を掛けられる。アレンが振り向くとそこには村長の姿があった。腰を曲げながら笑みを浮かべてこちらの事を見ている。どうやら先程までの特訓の様子を見ていたようだ。アレンは木剣を下ろして村長の方に身体を向けた。

「うむ。実はお主に少し話したい事があってのぉ……」

長い髭を弄りながら村長はそう言ってチラリとリーシャとルナの事を見た。どうやら二人の前では話しづらい事らしい。そう判断してアレンはリーシャ達の方に顔を向けた。

「リーシャ、ルナ、先に家に戻ってなさい」

「はーい」

「はい、お父さん……」

いつの間にか元気になっていたリーシャは手を上げながら返事をし、ルナもクロの事を抱きながらそう返事をした。二人は一緒に家の方に戻り、見えなくなったのを確認してアレンは村長の方に振り返る。

「それで、また森に魔物でも出たのか？」

「いや、実は獣達が何やらざわついていての。ダンの奴に山を調べさせたらふもとの方に王都の兵士が居たそうじゃ」

「……！」

アレンが尋ねてみると、何と村長の口から王都の兵士という言葉が出て来た。それを聞いてアレンは僅かに眉《まゆ》を顰《ひそ》めてその言葉を聞く。

「今まで王都の者がこの村に来る事は滅多になかったからのぉ……しかもただの兵士達ではない。武装し、人数も多い。何かを探しているようだったとダンは言っていた」

ダンの報告によると山のふもとに居る兵士達は武装までしているらしい。もちろん魔物に襲われる可能性もあるのだから武装するのは当然だが、平和を好んでいるこの村人からすれば武器を持つ人間というだけで警戒してしまう。アレンもまた顎《あご》に手を置き、考えるようにふむと声を零した。

（ひょっとしたら前西の村に行った時に会った兵士達かも知れないな。〈勇者の紋章〉を持った子を探してるとか言ってたし……）

そう言えばあの時も武装した兵士達が居た。彼らは〈勇者の紋章〉を持った子供を探しているらしいが、ひょっとしたら今回は自分達の村を調べに来たのかも知れない。アレンはそう推測した。

「すまんが少し様子を見て来てくれないか？　お主はかつて王都に居た事があるから、勝手も分かるじゃろう？」

「ああそうだな、分かった。任せてくれ」

村長もかつて王都で冒険者として過ごしていたアレンなら任せられると思い、そう言って来た。確かに以前会った兵団の隊長も自分の名前を知っていた。自信がある訳ではないが、身の上が分かっていれば多少は話が出来るかも知れない。そう考えたアレンも快く村長の申し出を受け入れた。

そうと決まったら早速アレンは家に戻って準備を整えた。急に慌ただしい様子で準備を始めているアレンを見てリーシャとルナは呆然と見つめていた。

「父さん、どこか行くの？」

「ああ、ちょっと用事が出来たんで森の方に行く。良い子で待ってるんだぞ」

「気を付けてね……？」

「ああ、心配するな。すぐ戻ってくるよ。リーシャ、ルナを守ってやるんだぞ？」

「もちろん！」

リーシャ達には適当な事を言い、家で待っているように言った。リーシャ達は余計な事は聞かず素直に頷き、それに従った。


そして護身用に剣を装備し、準備が終わったアレンは家を出て森へと向かった。

ダンは身のこなしが早い為、兵士をふもとで見かけたのならまだ彼らはふもと辺りに居るだろう。そう判断したアレンはさっさと木々を通り抜けて山のふもとまで降りた。するとアレンの視線の先に白いローブを羽織った人物達が複数集まっているのが映った。

ダンの報告では兵士のはずだったが……旅人用のマントとかの代用だろうか？　そんな軽い考えをしながらアレンは警戒せずその者達に近づいた。

「どうも、おたくらが王都の兵団？」

「…………」

試しに話しかけてみるが彼らから反応はない。そしてよく見てみるとそのローブを纏った人物達は頭まですっぽりとフードで覆われており、顔は何やら剣の紋章のような物が描かれた仮面が付けられていた。それを見て明らかに普通の人達ではない事が分かるが、温厚なアレンは別に気にせず話し掛け続けた。

「えーと、ひょっとしてうちの村に用があって来たのか？」

何かしら目的があるのだと思ってアレンはそう質問するが、やはり白ローブの人物達からは返答が無い。まるで幽霊のようにゆらゆらと揺れながらアレンの事を見ていた。すると白ローブの一人が動き、別の白ローブに顔を向けた。

「奴がそうなのか……？」

「ええ、間違いありませぬ……」

「であるならばこいつが勇者様を……」

何かを確かめるように白ローブ達は話し合っている。アレンは距離があってそれを聞き取る事が出来なかった。

やがて白ローブ達の話が纏まると、急に全員がアレンの事を敵意を持った視線で見つめて来た。全員が仮面を付けている事もあってその異質さは際立っている。

「む……っ？」

流石に何かがおかしいと感じたアレンはその場から距離を取ろうとした。その瞬間白ローブの集団から二人の白ローブが飛び出し、手にナイフを持ちながらアレンに襲い掛かった。

「おいおい、どういうつもりだ？」

すぐさまアレンは剣を引き抜き、白ローブ達が振るって来たナイフをいなす。囲まれないように後ろに距離を取りながらナイフを弾き、白ローブ達と対峙した。

二人の白ローブも警戒をしながらアレンの事を見つめている。仮面のその下からドス黒い狂気に包まれた瞳が覗いていた。それを見てアレンは彼らが王都の兵団ではない事を理解し、同時に彼らが何者なのかと疑問を抱いた。

ダンが見間違うはずがない。であるならば彼らは王都の兵団とは別の集団。一緒に行動していないし恰好からして仲間とは考えづらいであろう。そして何よりその異質な雰囲気。アレンは彼らが良からぬ集団だと推測した。

そうこう考えている内に白ローブが動き出す。ローブを羽織っているわりには素早い動きで距離を詰め、アレンにナイフを突き出して来た。しかしアレンはそれを華麗に避け、白ローブの二人の間に入ると剣の柄で思い切り殴った。白ローブ達はうめき声を上げてその場に倒れ込む。

「ぐはッ……！」

「随分なご挨拶だな。王都の兵団ではなさそうだ……何者なんだ？」

「………」

ピッと剣を振るいながらアレンは白ローブ達に向かってそう尋ねる。だが当然返答はない。それどころか仲間が倒されたというのに何の反応も見せなかった。それを見てアレンは奇妙に思う。すると辺りに紫色の怪しい煙が立ち上り始めていた。それを嗅《か》いでしまった瞬間、アレンはとてつもない疲労感と眠気に襲われ、一気に身体が重くなったのを感じ取った。

（これは……眠り粉か……しかも超強力な……ッ！）

それが魔物などに対して使用する強力な眠り粉であると分かったアレンは何とかその場から離れようとしたが、既に匂いを嗅いでしまった為、足は言う事を聞かずにもつれてしまった。ドサリとその場に崩れ落ち、アレンの意識が闇に沈んで行く。そんなアレンを見ながら白ローブ達は取り囲むようにアレンの元に集まった。

「勇者様を洗脳した下衆な人間め……そこで這い蹲っているが良い」

「勇者様は我々が正しき道に引き戻す」

白ローブ達は仮面越しに冷たい目線をぶつけながらアレンにそう言葉をぶつけた。何人かはアレンに足蹴りを食らわせる者も居た。しかし強力な眠り粉の効果によってアレンは起き上がる事すら出来ず、うめき声を上げながら苦しんだ。きっと奴らは仮面の下に粉を吸わないようフィルターを付けているのだろう。アレンは震える手を前に突き出した。

「ぐっ……お前達は……一体……？」

一体白ローブ達の人物は何者なのか？　一体何が目的なのか？　どうして村の近くに居るのか？　その答えを求める為にアレンは手を伸ばした。そんなアレンの手をぞんざいに蹴り飛ばし、白ローブの一人がアレンの事を見下ろす。

「我らは〈勇者教団〉。貴様のような悪しき者から勇者様を救う団だ」

恐らくはリーダー格なのだろう。低い声で白ローブの人物はそう言うと、アレンの顔を足で蹴り飛ばした。ドサリと顔から地面に伏せ、アレンの視界は真っ暗になった。意識が完全に闇の中へと沈んで行く。もう、アレンは立ち上がる事が出来なかった。

微睡の意識の中、ゲシゲシと脇腹を蹴られる感覚を感じ取る。その小刻みな痛みにアレンは段々と意識が表層し始め、自分が蹴られている事を理解して目を覚ました。

身体の節々から痛みを感じ、まだ痺れた感覚が残っていたのですぐに起き上がる事は出来なかった。アレンは目を開け、まだ青い空を見上げながら小さくうめき声を漏らした。

「……うぅ」

「こんな所で昼寝とは暇そうなことだな。アレン・ホルダー」

するとどこかで聞き覚えのある声が聞こえて来た。まだ身体を完全に動かす事が出来ず、その人物を視界に捉える事は出来ない。かろうじて視線だけ動かし、アレンは声の主を探した。どうやら自分の事を蹴っていたのもその声の主のようだ。すると視界の端にいつか見た兵士の隊長の姿があった。

「……あんたは……」

「ジーク隊長だ。いつぞやの西の村では世話になったらしいな」

男にしては長めの髪をなびかせながら兵士の隊長はそう名を明かした。

やはりダンが見たのはあの時の兵士達だったのかと分かり、アレンは同時に自分を襲った白ローブの事を思い出して思わず無理やり身体を起こす。それだけで身体全体に激しい痛みが走った。まだ眠り粉の効力が残っているのだ。アレンは忌々しそうに拳を握り締めた。ふと隊長の事を見上げると、部下が数人その後ろに控えていた。だが前回の時よりも人数がかなり少ない。何か王都であったのだろうか？　だが、今はそんな事を考えている場合ではなかった。

「何やら怪しい連中に囲まれていたぞ、貴様。我々が取り押さえようとしたら貴様を置いてすぐ逃げ出したが……一体何があった？」

「白いローブを羽織った連中に襲われた……確か、〈勇者教団〉って名乗ってた」

「なに……ッ⁉」

どうやら自分を助けてくれたのは隊長だったらしい。彼に何があったのかを尋ねられ、アレンは頭を抑えながら先程あった事を思い出してそれを伝えた。すると勇者教団という言葉を聞いた瞬間隊長は目を見開き、信じられないといった表情を浮かべた。

「知っているのか？」

「フン、貴様は八年前に王都から去ったから知らなかったな……奴らは昔から存在する教団でな。預言が出てから再び活動し始めたのだ。だが過激な連中で、王都でも度々問題になっていた」

アレンがどのような教団なのかと尋ねると隊長は面倒くさそうに腕を組みながらも渋々教えてくれた。

やはりアレンが遭遇した時の行動を見て分かる通り、教団と言うには少々暴力的な所があるようだ。王都でも問題に上げられたという事は、何か事件も起こした可能性がある。

アレンは急に不安に襲われた。今だ自由が効かない自身の身体をうっとうしく思いながら隊長の事を見上げる。

「殺されなかったのは運が良かったな。我々が来るのがもう少し遅ければどうなっていたか分からないぞ？」

「…………」

隊長にそう言われてアレンは悔しそうに拳を握り締めた。

油断したとは言え、自分は完全に再起不能になっていた。この時点でもう死んだも同然だ。隊長の言う通り後少し彼らが来るのが遅ければ自分は確実に死んでいた。その事を深く受け止めながらアレンは頭を下げた。そして問題の勇者教団の事について思考を巡らせる。

「奴らは王都で一体何をしたんだ？」

「中々現れない勇者に痺れを切らして、関係ない村の子を攫《さら》って勇者として奉《たてまつ》ったんだ」

隊長はあまりにも簡単にそう言い切ったが、村に住むアレンからすれば酷く恐ろしい内容だった。勇者が現れないからと言って関係のない子を勇者として攫う。そんなのその子供の親からすれば迷惑を通り過ごして恐怖しか抱かない。

「当然、その子供は勇者じゃないから連中は勝手に攫ったのにもかかわらず子供に暴行を加えた。時にはもっと残忍な事もした。そういう狂った連中なんだ……奴らは」

彼も事件に関わった事があるのか酷く不愉快そうな表情をし、地面を蹴った。ただでさえ他者を見下す傾向がある彼がここまで露骨に嫌悪感を現すのだから、相当問題のある連中なのだろう。アレンはそう推測すると同時に、一つの不安に襲われた。

「本当に奴らは勇者教団と名乗ったんだな？　だとしたら不味いぞ。奴らが集団で現れたと言うなら付近の村の子が狙われている可能性がある」

「……ッ!!」

隊長の言葉を聞いてアレンが抱いていた不安はより深まる。

何故王都で活動しているはずの教団がこんな辺境の山の中に来ているのか？　もしもそれが隊長の言う通り子供を狙っているのだとしたら？　彼らが子供を勇者だと思って攫うつもりだったとしたら？　痺れが切れたのか腕が震え始める。アレンの額から一筋の汗が流れ落ちた。

「貴様、子供は居るのか？」

「ああ……二人……」

「まさか貴様のような奴の子が勇者である訳が無いが、それでも奴らは自分達が勇者だと思った子供なら紋章がなくともその子が勇者だと信じ込む……これは不味い事態だぞ」

アレンの不安と同じ事を隊長も口にした。

アレンが村に残して来たリーシャとルナ。もちろん村には他にも子供達が居るが、それでもあの子達には特別な力がある。リーシャは剣術に長け、精霊の加護も受けている。ルナは膨大な魔力を持ち、闇魔法まで使えるのだ。たとえ勇者じゃなくても妄信的な教団なら勇者だと信じ込んでしまうかも知れない。

「リーシャ……ルナ……ッ!!」

二人が危ない。そう思ったアレンはすぐさま立ち上がろうとした。しかし腰に力を入れた瞬間、身体全体に痛みが走った。その痛みに耐えながらアレンは立ち上がるが、フラフラとしたその立ち方は不安を煽《あお》り、一歩歩けば倒れてしまいそうな程弱々しかった。

「おい、どうした？　毒でも盛られたか……？」

「ぐっ……くそ……魔物用の眠り粉のせいだ……急いで村に戻らないといけないのに……！」

薬として使用される眠り粉。別に珍しいものではないが、ここまで痺れや痛みが来る物は中々手に入らない。何故ならばこれは魔物を捕獲する際に使われる特別な眠り粉だからだ。通常ならギルドから支給されたり、専門の人が調合する物だが……あの教団は一体どうやってそれを入手したのか？　いや、今はそんな事を考えている暇はない。アレンは考えを切り替えてふらつきながらも山を登り始めた。

「ちっ……しょうがない。お前達、肩を貸してやれ」

「はっ」

「……！」

意外な事に隊長は部下達に命じてアレンに肩を貸してくれた。二人の兵士に助けられながらアレンは山を登る。ふと隊長の方に顔を向けると、彼は明らかに不機嫌そうな表情をしていた。

「貴様には借りがあるらしいからな……だが、部下を数名付けるだけだ。私は至急王都に戻らなくてはならない」

「協力してくれないのか……？　勇者教団が村を襲っているかも知れないんだぞ」

隊長は腕を組みながら自分達は王都に戻ると言った。彼の性格ならケンタウロスの時のように自分の手だけで始末すると言い出しそうなものだが、アレンがその事を指摘すると彼はバツが悪そうな表情を浮かべた。周りの部下達も苦い顔をしている。

「私が見た時は数人しか居なかったが、貴様の話では教団は数が多かったのだろう？　今の我々の兵力では敵わん……魔物一体を相手するのとは訳が違うのだ。応援を呼んで戻ってくる」

それでは間に合わない可能性もある。だが彼の言う通り兵士の数が少ないのも事実であった。アレンはチラリと周りの兵士達の事を見る。こちらの数は隊長を入れて七人ほど……前回の時と比べて明らかに少ない。苦い顔をしているという事は、王都でなんらかの事情があって兵を削がれてしまったのだろう。対して勇者教団は軽く二十人程は居た。いくら訓練を積んだ兵達でも向こうは眠り粉といった罠《わな》を仕掛けてくる可能性がある。そこまでアレンは冷静に分析し、確かにこのまま突撃した所で無駄に終わる可能性があると結論を出した。隊長の言う通り、今は王都に戻って勇者教団が現れたという報告をし、応援を要請するのが最善なのかも知れない。だが、頭ではそうと理解出来てもアレンの中では簡単に割り切れる物ではなかった。

「心配するな。奴らも攫ったばかりの子供は最初は丁重に扱う。勇者だと信じているからな……勇者じゃないと分かるまでは時間があるはずだ」

「そうか……」

確かにそうならば幾分かの猶予はあるだろう。アレンはひとまず彼の言う事を信じるしかなかった。

「分かった……よろしく頼む」

「ふん……貴様は精々身体を癒すのに集中しておけ。魔物用の眠り粉ならば大の大人でも丸一日は動けなくなる程の効力だ。勇者教団の事は我々に任せておけ」

隊長はそれだけ言うと兵士達に早く行けと手を振り、自分も残った兵士達を連れて急いで山を下り始めた。

二人の兵士の助けを得ながらアレンは山を登り続ける。眠り粉のせいで足が動かなくなったり、痺れで痛みが身体を襲う事もあったが、それでも精神力と気力で何とか村まで辿り着く事が出来た。少し息を切らしながらアレンは村の入り口の門の所に立ち止まる。

「ここまでで良い……ありがとう、助かったよ」

「すいません、アレンさん。隊長もすぐに応援を連れて戻って来てくれるはずです」

よく見ればその兵士達は以前西の村でも会った兵士達だった。その事を今更ながら思い出し、アレンは頭がくらくらしながらもお礼を言って兵士達と別れた。他の兵士達もそれぞれ村の調査をしに向かう。

まだ身体がふらつくが、それでも剣を杖代わりにしながらアレンは村の中へと入った。別段異常はない。村が破壊されている様子もなかった。だが広場の方で村人達がざわつき、慌てている様子だった。アレンがその近くまで行くと、アレンの事に気が付いた村長が急いでアレン元にやって来た。

「アレン！」

「村長、何があった？　リーシャとルナは無事か？」

村人達が傷つけられた様子はないが、リーシャとルナの姿がない。いつもならすぐにアレンの姿を見つけて駆け寄ってくるはずなのに。まさかと思ってアレンは表情を青くしながら村長に二人の事を尋ねる。すると村長もまた暗い表情を浮かべ、申し訳なさそうに頭を下げながら声を絞り出した。

「それが……リーシャとルナは突然村にやって来た白いローブの連中に連れ去られてしまったのじゃ……」

「ッ……そんな……!!」

最悪の事態が起こり、アレンは思わずその場に膝を付いた。ただでさえ身体が眠り粉の効果で傷ついているのに、ここに来て最も心を傷つける出来事が起こった。最早アレンは心も身体もボロボロだった。

「リーシャは抵抗したんじゃが……ルナが人質に取られて逆らえんかった。儂らにはどうする事も出来なかったんじゃ……何せ数が多くて……」

「それで……奴らは今何処に？」

「ダンに見張らせておいた。奴らは今森の奥にある洞窟《どうくつ》に隠れているらしい。どうやらそこを根城にしているようじゃ」

村長から居場所を聞き出し、アレンは静かに思考を巡らせる。

話からして勇者教団はリーシャかルナのどちらかを勇者だと思って攫ったのだ。もしくは両方かも知れないが、二人の力なら数が多くても対抗は出来たはずだ。それでも連れ去られたという事はまた眠り粉のような動きを制限する何かをされたか、村長の言う通り先にルナを人質にされてしまったせいで大人しく言う事を聞くしかなかったのか……いずれにせよ二人は連れ去られた。ならば自分がする事は一つ。アレンは痺れている身体を無理やり立ち上がらせた。

「……くっ」

「アレン、お主そんなにふらついておるのにまさか行く気か……⁉　いくらお主が元冒険者と言えど相手は数が多すぎるぞ⁉」

「それでも俺は行く……俺は二人の父親なんだ……‼」

立ち上がり、今にも走り出しそうな勢いのアレンを見て村長は思わず引き留める。アレンの性格からして勇者教団の所に乗り込むつもりなのは明白だ。だがいくらアレンが冒険者と言っても二十人は居る勇者教団を相手に勝てる訳がない。そう思って村長はアレンを止めた。だがそんな理屈などアレンはもとより理解していた。そういう事ではないのだ。アレンは全て頭で理解している。こんな状態の自分が勇者教団の所に乗り込んだ所で全くの無意味である事は十分理解していた。だが今のアレンはそれら全てを度外視した上で、リーシャとルナを助けたいからという思いだけで動いていた。

「待て！　せめてダンを連れて行け！　今呼んで……」

「そんな暇はない！」

村長の制止を振り切り、アレンは駆けだした。身体中から痛みが走りながらもその勢いを止める事なく、村を飛び出すとダンが発見したという洞窟まで豹のように走り続けた。

走りながらアレンはリーシャとルナの顔を思い浮かべる。一緒に居ると約束したのに……守ってやると言ったのに、こんな事になってしまった。最初に勇者教団と対峙した時にもっと警戒するべきだった。悔やんでも悔やみきれない。アレンは血が出るくらいに唇を強く噛み締めた。

「リーシャ、ルナ……必ず助けるからな！」

力強くそう言いながら、アレンは前に進み続ける。身体を蝕む眠り粉の事など忘れ、最早痛みも感じずにただリーシャとルナを助ける為だけに走り続けた。

逃げないように腕を縄で縛られ、何人かの白ローブの人物達に見張られながらリーシャは口惜しそうに顔を顰めた。

ここは洞窟の中。リーシャとルナを攫った勇者教団はひとまずここを根城にする事にした。本当は本部にそのまま連れて行くつもりだったが、王都の兵団が居るなど予定外の障害があった為、警戒して洞窟に身を潜める事にしたのだ。

「…………」

「勇者様、どうか分かってくださいい。我々は貴方様を邪悪な者の手から救ったのです。これは全て貴方様の為なのですよ」

この集団を纏めているリーダー格らしき白ローブの男がリーシャにそう語り掛けてくる。

何が邪悪な者の手だ、とリーシャは心の中で毒吐いた。そしてチラリと男の向こう側の景色を見る。そこには薬で眠らされたルナの姿があった。彼らが人質として連れて来たのだ。

本来、この程度の集団などリーシャが本気になれば造作もない相手だった。だが最初にルナを人質に取られ、リーシャは迂闊に動く事が出来なかったのだ。

チラリとルナの手の甲に巻かれている包帯を見る。まだ取れてはいない。だがもしもちょっとしたきっかけであの包帯が解けてしまえば……たちまちルナが魔王である事がバレてしまう。ましてやこいつらは勇者を信仰する狂信的な信者。ルナが魔王だと分かれば何をしでかすか分からない。否、確実に殺すであろう。

そのような不安があったからこそ、ルナは様子見に徹するしかなかった。

「貴方様はずっとあの男に騙《だま》されていたのです。奴は勇者様の力を独占し、この世を混乱に陥れようとした屑《くず》です」

先程からずっとこれである。リーシャはうっとうしそうにため息を吐いた。

この集団のリーダー格らしきこの男は仮面越しにずっとリーシャに語り掛けていた。それもリーシャが大好きなアレンを蔑む言葉で。

（何が騙されていただ……ルナを人質に取られなければ、あんた達なんかみんな一瞬で倒してやるのに……！）

リーシャは心の中で不満を述べる。美しい金色の瞳を揺らしながら、強くその白ローブの男を睨みつけた。

大好きな父親を馬鹿にし、妹のルナまで人質に取る。そんな奴らをリーシャは信用出来なかった。勇者教団などと言われた所でそんな事知った事ではない。自分の幸せを奪うような奴らは全員倒す。リーシャは縄で縛られている腕を怒りで震わせた。

「貴方様はその手に〈勇者の紋章〉を宿した選ばれた子供……ご安心ください。我々が貴方様に正しき教えを授け、必ずや魔王を打ち倒す立派な勇者にしてみせます」

仮面越しでも分かるような笑みを含んだ声で白ローブの男はそう言った。

まるで自分が全て正しいとでも言うように。自分達が行っている事は全て正義なのだとでも言いたげに。全く悪意のない声色で男はそう言った。それがリーシャには許せなかった。自分達の平穏を崩しておきながら、それが正しい事なのだと思っている。理解出来ない目の前の男にリーシャは吐き気を覚えた。

「では勇者様、今はお休みください……あの忌まわしい村を焼き終わったらすぐに出発致しますので」

「………ッ!!」

何でもないかのように男は恐ろしい言葉をポロリと言った。ちょっとした用事を済ませてくるかのような、そんな軽い一言。だが今までずっとあの村で育ってきたリーシャからすればそれは最も怒りを覚える一言。思わず剣もないのに男に斬り掛かりそうになった。しかし手が縄で縛られている為、結局何もせずその場に座り込む。そして白ローブの男は監視していた部下達も連れてその場から去った。ご丁寧に眠っているルナを連れて。

一人になった後もリーシャは冷静に状況を分析した。

どんな時も焦ってはならない。アレンから習った事だ。状況が理解出来れば解決策が見つかる。その教えに忠実に従い、リーシャは辺りを見渡した。

(多分今私が居る場所は洞窟の一番奥……迷路みたいになってて、ここに連れ込まれた時もいくつか部屋みたいになってた……縄を解いたとしても、ルナを連れて無事に逃げ出せるかどうか……）

リーシャは自分がここに連れ込まれた時の事を思い出し、洞窟の構造を頭の中に思い浮かべて逃走ルートを計算した。しかしルナがどこに連れて行かれたのかが分からない。それまで剣もない状態で果たして無事ルナを見つけ出す事が出来るか……？　至極困難だと言えよう。流石のリーシャでもいつものように明るい表情を浮かべる事が出来なかった。

そのまましばらく考え込んでいると、通路の方から一つ光の球が入り込んで来た。ふわふわとまるで蛍のように飛んでいる。リーシャはそれが小精霊だと気付き、目を細めて出口付近を睨んだ。

「……貴方の仕業ね、女王サマ」

リーシャが冷たくそう言うとふわふわと飛んでいた小精霊が途端に輝き始め、光り輝く女性へと姿を変えた。それはいつしかリーシャの元に現れた精霊の女王であった。女王は相変わらず優しい笑みを浮かべながらリーシャの事を見つめる。対照的にリーシャは女王の事を忌々しそうに睨みつけていた。

「お許しを、勇者様。貴方様をあの男から引き離す為……致し方なく彼らを利用したのです」

「だったらもっと穏便に出来ないの？　王都の兵士を使うとかさ」

女王は申し訳なさそうな顔をしながらリーシャに謝るが、リーシャは勇者教団に対しての不満を述べ、もっとマシな方法はなかったのかと怒気を含んだ声で言い返した。

「私の声を聞ける人は限られています……精霊を信じなかったり、欲深い者には我々の声は聞こえません」

どうやら誰もが精霊の声を聞ける訳ではないらしい。リーシャからすればそのような情報は至極どうでも良い事だったが、一応聞いておく事にした。

「ですが彼らのような勇者様を強く信じる者達なら、僅かですが私の声を届ける事が出来ます。本当なら魔王の子を始末するように命じておきたかったのですが……」

「そんな事をしたら、私は貴方を一生許さない」

女王がおまけついでに言った言葉に対してリーシャは強い殺気を放ちながらそう言った。普段の明るい彼女からは信じられない程冷たい声で、目を血走っていた。それに怯えながらも、女王はリーシャが縄で縛られていて何も出来ないだろうと高を括り、余裕の態度を保った。

「いい加減意地を張るのはおやめ下さい。貴方様の力はこのような場所で発揮されない。魔族を滅ぼす事こそが貴方様の使命なのです」

リーシャからすれば女王の言葉など先程の白ローブの男と同じでただの押し付けでしか

なかった。自分が正しいと思っている事を相手に強制させる。正に悪意のない悪意。少なくともリーシャはそう感じた。

「既に勇者様を騙した男も眠り粉で潰れました。少なくとも丸一日は動けないでしょう」

勝ち誇った笑みを浮かべて女王はそう言い放った。だがリーシャはそれを聞いたところで不安には襲われなかった。アレンが眠り粉で潰れた事は事実であるが、リーシャはそれが事実だろうと虚偽だろうと信じている事が一つあったのだ。

「ふん……貴方達は私の父さんの事を全然分かってないわね」

「……なにがです？」

リーシャがちっとも反応を示さないのを見て不思議に思った女王はそう尋ねる。すると今度はリーシャが余裕の笑みを浮かべて口を開いた。

「父さんはね、勇者の私や魔王のルナよりもずっと強い人なの。貴方達なんかが、父さんに敵う訳ないのよ」

リーシャにとって父親であるアレンは自分の最大の目標である。自分を育ててくれた父であり、剣の師匠であり、勇者としてではなくリーシャという個人として接してくれた恩人。故にリーシャはアレンの事を信じている。彼なら絶対に助けてくれると。

そう信じているリーシャの金色の瞳は黄金の如く綺麗に輝いていた。

森の奥まで移動し、洞窟を確認したアレンは入り口から少し離れた岩場から様子をうかがっていた。まだかすかに震えている手をチラリと見て、忌々しそうに舌打ちをしてから腰にある剣に手を伸ばす。

「あれが教団が隠れてる洞窟か……」

既に何人か白ローブの連中が出入りしているのを確認している。あの洞窟で間違いはないのだろう。アレンは額から垂れた汗を拭いながら静かに息を吐いた。

勢いで飛び出しはしたが、まずは冷静にならなければならない。アレンは何も勝算がないまま村を飛び出した訳ではない。敵が洞窟という狭い空間に入ってくれたのは好都合だ。多数を相手にしないで済む状況が作れる。どのような罠を仕掛けてくるかは既に身を以て知っているし、対抗手段は練れる。

「ただ問題なのは……身体が思う様に動いてくれないって事だな。出来るだけ無駄な戦闘は避けるか」

震える手を見ながらアレンは悔しそうにそう呟いた。

眠り粉の効力のせいでここまで来るのにも大分苦労した。正直言って立っているのもやっとという状況だ。そんな状態で果たして自分はリーシャとルナを助け出す事が出来るだろうか？　アレンはそう自分に問いかける。浮かんで来た答えは当然、絶対に助け出すであった。

「まぁそれでも……神様とやらは俺に味方してくれてるようだ」

圧倒的に自分に不利な状況にもかかわらずアレンは無理に笑みを作ってそう言った。何故ならば場所が良い。

剣を握り締めながらアレンは岩場から移動し、洞窟の中へと入り込む。洞窟の中はダンジョンのように迷路になっている為、様々な通路に分かれている。同時に死角となる場所も多い為、白ローブの人物と遭遇してもアレンはすぐさま岩場や角に隠れてやり過ごした。

その調子で上手く白ローブの人物達の監視を掻い潜りながらアレンは洞窟の奥へと進んで行き、リーシャとルナが捕まっているであろう場所を探した。

(懐かしいな。小さい頃はよくこの洞窟で遊んだっけか……そのおかげでここの構造はよく覚えてる)

通路を移動しながらアレンはそんな事を思い出す。

アレンがまだ子供だった頃はこの洞窟が彼の遊び場だった。昔はここに魔物が住みついており、ちょっとしたダンジョンでもあった。アレンは武者修業のつもりで毎日この洞窟に潜っていたが、今では魔物も狩りつくしてしまい、迷路のように続く洞窟だけが残ってしまった。その時の思い出が今こうして役に立っているのだから、昔の自分に感謝だと笑みを零しながらアレンは思った。

そして長い通路を進み続け白ローブの監視を潜り抜けると一つの部屋にアレンは辿り着いた。そこには縄で縛られているルナの姿があり、アレンは急いで彼女の元に駆け寄った。

「ルナ……！」

「ん……んぅ……」

どうやらルナも眠り粉で眠らされてしまっていたらしく、アレンはルナの縄を解くと頬をぺちぺちと叩いて呼びかけた。反応はあるが、やはり薬の効力が強すぎるのか中々目を覚まさない。

（出来ればリーシャとルナが同じ場所に居てくれればすぐに逃げ出せたんだが、そう上手くはいかないか……俺に眠ってるルナを運びながらリーシャを助け出せるか……？）

出来るか出来ないかではなく、やらなくてはならない。だが言葉にすれば簡単だがいざ実行に移すのは難しいものだ。特にアレンは物事を計算して分析してから結論を出す為、それがどれだけ大変な事かを十分頭で理解していた。だが彼は諦めるつもりなど毛頭ない。

「ほぅ、まさかもう動けるようになっていたとは意外だ……やはりあの時邪魔が入ってでも始末しておくべきだったかな」

「……‼」

不意に背後から声を掛けられる。まさかと思って振り向くとそこには複数の白ローブ達が集まっていた。それを率いるように一人の白ローブの男がアレンの事を仮面越しに見つめている。声色からしてあの時勇者教団だと名乗った人物。そしてリーダー格であろうことがうかがえた。

「お前達っ……リーシャを返せ！」

「返せだと？　人々の希望を奪ったのは貴様だ。屑め。勇者様は民を守る救世主である。それを我が物にしようとした貴様は魔族よりも薄汚い！」

アレンが怒りで大声をあげると、白ローブの男もまた不機嫌そうな声色でアレンにそう言い返した。

アレンはやはり白ローブ達はリーシャが勇者だと思い込んでいるのだと判断する。実際は本当に勇者なのだが、いずれにせよ狂信的な彼らが勇者を手にしたところでろくな使い方をしないのは明白だった。故にアレンは反抗し、リーシャを助ける決意を固める。

「リーシャは俺の娘だ」

「はっ！　よくもまぁそんな事が言えたものだな。洗脳して自分の子供だと思わせていたくせに」

「…………」

リーシャは自分の子供であるとアレンは訴えるが、白ローブの男には何を言っても無駄だった。

確かに血は繋がっていない。だが自分達はずっと暮らして来た絆がある。それが虚偽の物だと罵るのならば、アレンはその人物を絶対に許さないだろう。自分が子供達を愛して来たのは事実なのだ。それを嘘なのだと決めつけられれば、流石に温厚なアレンでも怒る。

アレンはルナを抱き寄せ、静かに拳を握り締めた。

「お前には生贄《いけにえ》となってもらおう。勇者様に更なる力が与えられるよう、精霊様に捧げるのだ。光栄に思うが良い。貴様のような屑な人間でも人々の役に立てるのだぞ？」

手を後ろで組みながら白ローブの男はそう言って来る。仮面の表情は分からないがきっとさぞかし笑みを浮かべているのであろう。それも彼が考えている事と同じような狂気的な笑みを。

「お前達、奴を死なない程度に痛めつけろ。私は勇者様の元に向かう」

「お任せください。このような男、我々がすぐに片づけてみせましょう」

そして白ローブの男は部下らしき白ローブ達にそう言って手を振るうと、自分はその場を去って行った。残された部下達はそれぞれナイフを手にしてアレンににじり寄ってくる。

アレンは持っていた剣を握り締め、ルナを抱いたまま構えを取った。

「出来るだけ傷つけたくなかったが……やるしかないか」

アレンは冒険者として日々魔物を相手にしてきた。どんな敵もその剣で薙ぎ払い、どんな強敵も魔法で打ち倒して来た。本来自分の力は人に向けるべき物ではない。そう考えていたからこそ、アレンは白ローブと遭遇した時も剣で斬るような事はせず、気絶で済ましていたのだ。だが最早、その制限もしていられる状況ではなかった。

「ふん、薬の効果で立っているのもやっとの貴様に何が出来る？」

「勇者様を謀った悪しき者め。我々が天誅を下してやる」

白ローブ達の人物はふらついているアレンを見て仮面越しに余裕の笑みを浮かべながらそう言った。事実アレンはまだ薬のせいで上手く動けない。だがアレンにはそんな事は関係ない。稲妻のごとく走り出し、一気に白ローブ達の懐に入り込む。

「なっ……⁉」

アレンは剣を振るった。気づいた時には白ローブの人物達は自分達の身体から真っ赤な血が出ているのを眺めており、アレンは既に部屋の出口まで移動していた。白ローブ達は何が起こったのかを理解する暇もなく、その場に崩れ落ちた。

「悪いが俺も手段を選んでる場合じゃないんだ。死にたくなかったら強く傷口を押さえてろ」

ふぅと息を吐きながらアレンは倒れている白ローブ達にそう言い捨て、その部屋を後にした。白ローブのリーダーを追い掛ける為、リーシャを助ける為に彼はルナを抱きながら走り出す。


リーシャの元に慌ただしい様子で白ローブのリーダー格の男が戻って来た。既にその部屋に精霊の女王は居ない。いずれどちらが正しいか分かるという捨て台詞を残して消えてしまった。それから数分もしない内に男が戻って来た為、リーシャは何か異変があったのだと推測した。

「勇者様、申し訳ありませんがすぐにここから移動させて頂きます」

部下も連れずに白ローブの男はそう言う。その口調にはどこか焦りの色が見えた。

やはり何かがあったのだ。それもこの場所をすぐに移動しなければならない程の異常が。

リーシャはそう判断すると笑みを含んだ表情で男に話しかけた。

「どうかしたの？　随分と慌ただしいけど……」

「勇者様が気にするような事ではありません。すぐに問題は片付きます」

男はそう言うが、それならばわざわざ移動をする必要はないはずだ。リーシャは白ローブ達が何か問題を抱えているのだと見抜いた。一番考えられる可能性は侵入者。村の誰かが追って来たとか、兵士がやって来たとかであろう。その中でリーシャが一番あり得ると思った可能性は、父であるアレンが助けに来たという事だった。

「リーシャ!!」

部屋の中にリーシャのよく知る声が響いた。白ローブの男はビクッと肩を震わせて後ろを振り返る。そこにはルナを抱えたアレンの姿があった。片手には剣が握られており、その刃には血が付いている。リーシャは大好きな父親が助けに来てくれた事に満面の笑みを浮かべた。

「父さん!」

「馬鹿なっ……何故まだ貴様が生きている?」

喜ぶリーシャとは対照的に白ローブの男はまるで幽霊でも見たかのように驚く。

男はてっきり部下がアレンを痛めつけていると思っていた。アレンなどその程度の障害だと考えていたのだ。それでも勇者であるリーシャを移動させようと思ったのは、アレンに仲間が居る可能性と兵士達が近くで潜んでいるかも知れないと思っていたからだ。だが予想は外れ、もっとも問題ないと思っていたアレンが未だに追い掛けて来た。この事態に白ローブの男は不機嫌そうに舌打ちをした。

（魔物ですら一瞬で眠りに落ちる眠り粉を大量に嗅がせたんだぞ？　ましてやここに来るまでの間にも私の部下は居たはずだ……それを全員倒して来たとでも言うのか⁉）

白ローブの男の予想は当たっていた。アレンは眠り粉の影響を受けながらも白ローブの男を追い続け、立ちはだかって来た部下達を全員斬り倒して来たのだ。

「リーシャを返してもらうぞ」

「ぐっ……ありえん。こんな屑に、ただの村人風情に……我ら勇者教団が負けるはずがない！」

力強く言い放つアレンに白ローブの男はとてつもない敵意を向ける。

彼にとってこの状況は最も好ましくない物であった。自分達が尊敬する勇者を遂に手に入れたというのに、それを邪魔する者、ましてや村人などと言う騎士ですらない存在に阻まれるのがとてつもなく許せなかった。

男は仮面越しにアレンの事を強く睨みつけた。そして手に力を込め、そこに魔力を収束させた。魔法を唱えるつもりなのだ。

「我が祈りに答えよ！　灼熱の聖鳥よ！　その業火で我らの邪魔する者を焼き払え‼」

素早く詠唱を言い終えると男は手の平に出来上がった炎の塊をアレン達に投げつけた。

ここの空間はそこまで広い訳ではない為、ただでさえ出入口に立っていたアレンは避ける事が出来ない。轟音《ごうおん》と共に辺りに猛火が飛び散り、アレンは炎に飲み込まれた。

「父さん!!」

「はははは！　どうだ！　これが勇者様を信仰する我らの力だ!!」

炎に飲み込まれたアレンとルナを見てリーシャは思わず声を上げる。白ローブの男は流石にこれでアレンは死んだだろうと思い、高笑いを上げた。

「水の盾よ、我らを守りたまえ……子供に向かって随分と酷い事をするじゃないか。勇者教団様」

しかし突然炎の勢いが弱まり、中心部から水の蛇が現れた。その蛇は辺りに飛び散っている炎を一瞬で消し去った。

「なに……ッ!?」

傷一つに負わずに出て来たアレンを見て白ローブの男はまたもや驚愕する。

今度の衝撃はあまりにも大きかった。男はかつて魔術師として働いていた事があり、その実力はかなり高い物と言われていた。そんな彼が今しがた放ったのは渾身の火魔法。火力も十分、詠唱もきちんと言い切った。その一撃を、ただの村人の男であるはずのアレンに簡単に打ち消されたのだ。彼のプライドはズタズタに引き裂かれた。

（こ、こいつ……魔法まで使えるのか……!?　ま、まさか、ただの村人ではないのか

（……!?）

今まで男はアレンなどたまたま勇者であるリーシャを拾っただけだと思っていた。自分に語り掛けてくれた精霊がそう言っていたからだ。だからそれを信じ、嘲笑《あざわら》った。所詮勇者教団の自分達には敵わない。屑のような存在だと。だがここに来て男はそれは違うのではないかと思い始めた。

自分の渾身の火魔法すら打ち消し、眠り粉を吸っても未だに動き続ける。そんな事をただの村人風情が出来る訳がない。男はひょっとしたら自分が相手しているのは、とんでもない存在なのではないかと疑い始めた。

「悪いが俺もキツいんだ。さっさと終わらさせてもらうぞ」

「なっ……な、舐めるなあああぁぁぁぁぁぁぁ!!」

アレンは少しふらつきながらそう言うと持っていた剣を構えた。いつまでも反抗して来るアレンに白ローブの男は怒りを覚え、咆哮《ほうこう》を上げながら走り出した。

魔法が効かないからと言って手段がないわけではない。白ローブの男は懐からナイフを取り出すとアレンにそれを突き立てようとした。しかしアレンはするりとそれを避け、すれ違い際に白ローブの足を剣で斬りつけた。鮮血が飛び散り、男は悲鳴を上げながら体勢を崩して地面に顔をぶつけた。

「ぐっ……は……あがぁぁぁ⁉」

盛大に顔をぶつけて仮面が外れ、醜い顔をした白ローブの男は地面を転げ回った。動けば動く程傷が酷くなるというのに、男は自らを苦しめるように暴れ回っている。そんな彼を哀しそうにアレンは見つめ、リーシャの元へ向かう。

「ふぅ……大丈夫か？　リーシャ」

「うん！　父さんが助けに来てくれるって信じてたから！」

ルナを一旦下ろしてアレンはリーシャの縄を解いた。解放されたリーシャは嬉しそうにアレンに抱き着く。よっぽど父親が助けに来てくれた事が嬉しいようだった。アレンもリーシャが無事だった事を喜び、抱き着いて来る彼女の頭を優しく撫でた。

「がっ……あり得ん！　あってはならんのだ！　我々崇高たる勇者教団が……下衆な人間などに負けるような事があっては……‼」

一方で暴れ回っている男は未だに地面を転げながら天に向かって訴えかけていた。最早立ち上がる事すら出来ない状況だというのに、それでも抵抗するのは強い意志を持っていると言えよう。しかし言葉で訴えるだけで、行動には移そうとしない。そこがアレンと白ローブの男の決定的な違いであった。

アレンもリーシャも最早白ローブの男に脅威はないと思って全く気にしていなかった。

しかし、いつの間に現れたのか一つの光の球がふわふわと白ローブの男の真上を飛び、突然光り輝き始めた。

「まさかあの男がここまで強いとは……少々予想外です」

それは精霊の女王だった。まだこの部屋に残っていたらしく、顔だけ実体化させてその様子を見下ろしていた。女王はアレンの予想外の強さに驚きの表情を見せるが、その程度でリーシャの事を諦める程物分かりがよくなかった。

「仕方ありませんね……耐えられるか分かりませんが、少しだけ力を授けて上げましょう」

女王はそう言うと光の球に戻り、光の粒子を広げながら輝き始めた。リーシャがその異変に気付いた時には遅く、女王は星屑のように小さな光を白ローブの男に浴びせた。するとたちまち男の傷ついた足が治り、男は叫ぶのを止めて起き上がった。

「お……お、おおおお!? な、なんだ？ 力が湧いて来るぞ……？ 傷も痛くない！」

白ローブの男は女王の存在には気付いていなかったらしく、突然傷が治った事に驚き、更に自分の中から今まで感じた事もない力が沸き起こってくるのに歓喜した。

アレンも先程まで再起不能だったはずの白ローブの男が立ちあがったのを見て驚愕し、地面に下ろしていた剣を拾うと構え直した。

「なんだと？　何故まだ立ち上がれる……？」

「ふははははは!!　そうだ！　もっと力ヲ！　私ニ力ヲォォオオオ!!」

男は溢れ出てくる力を更に求め、天を仰ぎながら手を伸ばした。彼の足元から光が溢れ始め、それが彼の身体を包み込んで行く。アレンは警戒し、僅かに距離を取った。まだ眠っているルナとリーシャを守るように彼女達の前に立つ。

そして光に包まれていた男は姿を変え、光り輝く騎士へとなっていた。その姿は初めに着ていた白いローブや仮面を模したような甲冑になっており僅かに透けて見える。恐らく精霊に近い存在となったのだろう。

「我ガ名ハ〈光の守護騎士〉……教団ニ仇ナス者ハ全員天ノ裁キヲ受ケルガイイ!!」

男の声色は変わっており、騎士の姿を変えた彼は野太く響くような声を発しながらアレン達に光輝く剣を向けた。アレンもリーシャ達の事を守りながら剣を構える。

「どうなってるんだ……？　一体何が起こってる？」

アレンは困惑していた。倒したはずの男が突然復活し、二倍くらいの体格がある光の騎士へと姿を変えた。何らかの魔法なのか、それとも勇者教団の力だとでも言うのか。いずれにせよ騎士から発せられる強烈なプレッシャーはアレンに冷や汗を掻かせる程であった。

アレンは不安に思う。万全ではない今の自分にリーシャ達を守りながらこいつを倒せるかどうかを。

「父さん……！」

「リーシャ、ルナを守ってろ！」

いずれにせよ光の騎士は自分に対して敵意を向けている。あれが白ローブが自分に向けていた敵意と同じ物である事は明白だ。ならばアレンは先程と同じ事をするのみ。冒険者だった時はいつもしていた事だ。――――敵を倒す。

アレンはリーシャ達を下がらせると剣を強く握り締めた。それと同時に光の騎士も動き出し、その体格とは裏腹にとてつもない速さでアレンの眼前へと迫って来た。

「――――ッ!!」

気付いた時にはアレンの頭上に光の刃が振り下ろされていた。アレンはほぼ本能的に剣を頭上に突き出し、その光の剣を受け止める。ギィンと鈍い音が響き、アレンの手に電流のような衝撃が走った。

「っつあ……!!」

「――――！」

腕が叫び声を上げている。痺れと激痛によって感覚が麻痺する。アレンは歯を食いしばりながら手に思い切り力を込め、光の剣を跳ね返した。騎士もまさか押し返されるとは思わなかったのか、僅かに動きが鈍る。その瞬間アレンは騎士の甲冑の隙間に剣を突き刺した。だが、手応えはない。

やはり人間の身体とは違うのかとアレンは嫌な予感が的中し、舌打ちをする。すると騎士も笑い声を上げてアレンを蹴り飛ばした。

「グハハハハハ!!　無駄ダ無駄ダァ！　私ハ既ニ人間ヲ超越シテイルノダ！　貴様ノ剣ナド無意味ィ!!」

騎士は野太い声で笑いながらそう言った。アレンは壁に激突し、咳《せ》き込みながら起き上がる。幸い剣は離さなかった。すかさずリーシャがアレンの傍に駆け寄り、心配そうに顔を覗き込む。

「父さん！　私も戦う！」

「駄目だ！……お前達は下がってろ。お前はまだ子供だ……大人の俺に任せなさい」

リーシャは白ローブの男が持っていたナイフを拾ってそう進言した。しかしアレンは立ち上がりながらそれを許さなかった。

確かにリーシャの力があればあの騎士を倒す事が出来るかも知れない。だが確実とは言い切れないのだ。子供の彼女を危険な目に遭わせる訳にはいかない。ただの強がりかも知れないが、父親であるアレンは娘達に安全で居て欲しかったのだ。

「でも……！」

「心配するな。俺は何があってもお前達を守る」

心配そうな顔をするリーシャに優しく微笑みかけながらアレンはそう言った。

既に薬のせいで身体はボロボロ。相手は今まで相手した事がない化け物。更には剣が効かないという強敵。――――だがそれがどうした？　アレンはそんな困難に直面しても笑ってみせた。

自分が冒険者だった時はそんなの日常茶飯事だ。毎日見たこともない魔物と遭遇し、時には硬い鱗で剣が弾かれ、時には特殊なバリアーで魔法は無効化された。自分が持つ武器で攻撃が効かないなどよくある事だ。だからアレンは様々な手段を用いた。武器を変え、たくさんの魔法を覚え、自力でアイテムを作った。今回もそれと同じ事をすれば良いだけだ。

どことなく懐かしい気分になりながらアレンは気持ちを冷静にさせ、静かに光の騎士を見つめて分析を始めた。

（僅かに透けているのは恐らくゴースト系、精霊系の体質を得たからか……何故そんな姿になれたのかは分からないが、ソッチ系なら俺の専門分野だ）

恐らく光の騎士はモンスター系の種族となったのだろう。それならばアレンの専門分野であった。人間の時なら多少躊躇《ためら》いはしたが、こちらの姿をしていてくれるならむしろやりやすい。アレンは迫り来る光の騎士に立ち向かい、振り下ろされた剣に素早く対応した。

「フハハハハ！　ソウダ、コノ力ガアレバモウ勇者モ必要ナイ!!　私ガ魔王を滅ボシ、コノ世界ヲ支配シテヤロウ!!」

「――――ふっ！」

大きく振りかぶって振り下ろした光の剣を避け、アレンは騎士の股を潜り抜けて背後へと移動する。その際に彼は自身の剣に付加魔法を掛けた。火属性や水属性といった属性の力を付加させる特殊な魔法。時にその属性を得た剣は実体のない者に影響を及ぼす力を得る。

「聖なる炎の剣よ！　力を貸したまえ！」

詠唱を終えるとたちまちアレンの持っていた剣は赤い光に包まれ、まるで炎の剣のごとく熱を持ち始めた。そのまま背中の甲冑の隙間から躊躇《ちゅうちょ》なく剣を突き刺す。

「付加魔法、火属性……！」

「グッ……ガアアァァァァ!?　ナ、ナニィィィイ!?　ア、熱イ！　身体ガッ……ア、ァァアァアァアァ!?」

背中に剣を突き刺されたせいで騎士は死角に居るアレンを除去する事が出来ず、腕を振って暴れ回る。しかしアレンもピッタリと背後に張り付いており、そのまま剣を突き刺し続けた。火属性で得た効果によって騎士は炎の熱にもだえ苦しみ、身体を構築している光が粒子となって分散していった。

そして小さな爆発音と共に粒子は辺りに飛び散り、騎士を構築していた光は消え去った。代わりに人間の姿に戻った白ローブがその場に倒れ、動かなくなった。

「はぁ……はぁ……」

アレンはようやく脅威が去ったと判断し、大きく肩を落として息を切らした。ずっと痺れと痛みに耐えながら立っていた為、彼の足は自然と震えていた。それくらい疲労が溜まっていたのだ。

「父さん！」

そんなアレンの元にリーシャが駆け寄って来た。目からは涙が零れており、我慢出来ずに泣いてしまった。アレンはもうフラフラで今にも倒れてしまいそうだった。駆け寄って来たリーシャを受け止め、力一杯抱いてあげた。

「良かった……！　父さんが無事で……！」

「おいおい……俺はそう簡単に負けないよ。言っただろう？　お前達を守るって」

実際かなり危ない所だったがアレンはやせ我慢してリーシャにそう言ってみせる。それを聞いてリーシャは安心したように笑みを見せた。

「さぁ戻ろう……ルナも一緒に、村に帰ろう」

リーシャを地面に下ろし、アレンはそう言ってまだ眠っているルナの元へ向かった。薬のせいで眠っている為、無理に起こさない方が良いだろう。そのままアレンはルナを抱き上げてリーシャと手を繋ぎながら洞窟を後にした。


アレンがリーシャとルナを連れて村へ戻ると、彼はそこで糸が切れたようにパタリと倒れてしまった。元々強力な眠り粉を盛られ、勇者教団との連戦続きだったので限界が来たのだ。ある意味必然とも言えた。

倒れたアレンを見てリーシャは大慌てし、その異変にいち早く気付いたダンが何とかアレンを運んでくれた。ひとまず一番近いという事でアレンは村長の家へと運ばれ、まだ眠っているルナもそこに運ばれた。リーシャは心配だからと言う事から二人の傍に居た。


それから数時間後、アレンは無事目を覚ました。

「何はともあれ、お主達が無事で安心じゃよ。アレン」

「心配掛けて悪かったな。村長」

アレンが目を覚ましたという事に村長も安堵した。だがだからと言ってすぐに動くと身体に悪いからと言う事でアレンはベッドの上に寝かされていた。今は膝の上にリーシャとルナも座っている。ルナも既に目は覚めており、心配そうにアレンの事を見つめていた。

「もー、本当に心配したんだからね？　父さん」

「ごめんなさいお父さん……迷惑掛けて」

「何言ってるんだ。子供が大変な目にあったら助けるのが親の役目だろ？　二人が無事で本当に良かったよ……」

申し訳なさそうに項垂《うなだ》れるルナを見てアレンは安心させるようにそう言い、彼女の頭を撫でた。するとリーシャも求めるように頭をズイっと近づけて来た為、アレンはやれやれと笑いながらリーシャの頭を撫でて上げた。

実際の所今回のアレンはギリギリであった。いくら最近冒険者の頃のように調子が良いからと言って、彼はもう四十代のおっさん。更に眠り粉を喰らい、身体中に痛みが走りながら戦闘を続けたのだ。普通なら実力のある冒険者でもそのような連戦は困難である。

「意外だったのはあんたが来てくれた事だな……」

ふとアレンは視線の方向を変え、家の扉の方に居る人物に顔を向けた。そこには銀色の長髪の兵士の姿があり、アレンの視線に気づくと組んでいた腕を解きながらふんと鼻を鳴

らした。

「隊長さん、今の兵力じゃ敵わないから応援を呼んでくるんじゃなかったのか？」

「フン……よく考えれば勇者教団など恐れるに足らないと思ってな。私一人で片付けてやろうと戻って来ただけだ」

どういう訳か隊長のジークは二人の部下を連れて村に先に来ており、アレンが勇者教団に単身で乗り込んだと知ると一目散に助けに向かったのだ。結果勇者教団の残党を隊長達が引き受け、アレン達は無事村へ戻る事が出来た。今も村に勇者教団が来ないよう兵士が見張りをしている為、今こうしてアレンがゆっくり休んでいられるのも彼らのおかげと言える。

隊長は自分一人でも勇者教団が倒せると豪語するが、それを訂正するように部下の一人が割って入った。

「いえいえ、たまたま早馬が手に入ったんで二班に分かれ、ジーク隊長は教団の偵察をする為に村に急いで戻って来たんですよ。アレンさんを心配して」

何でも王都に戻っている最中に経由した村で脚の速い馬が手に入ったらしく、王都への報告班と勇者教団を足止めする為の班に分かれ、隊長は急いで村へ戻ってきたらしい。その事を部下が正直に報告すると隊長は慌てて部下を下がらせた。

「馬鹿を言うな。私は忌まわしい教団を倒す為に戻って来たんだ。断じてこのような男の為ではない」

「でも隊長、道中で借りを返す為だとかブツブツ言ってたじゃないですか」

どうやら以前アレンにケンタウロスの襲撃の時に助けてもらった事を隊長は気にしているらしく、どうにかしてそれを清算したかったらしい。

森で教団に眠り粉を盛られた時も助けてくれたし、意外と義理堅い性格なのかも知れないとアレンは考えを改めた。相変わらず他者を見下す傾向はあるが。

「何にせよ助かったよ、隊長さん」

「ふん……精々ありがたく思え。悪いが教団を捕えた手柄はもらって行くぞ。まあ引退した冒険者がそこそこ活躍した事くらいは口添えしといてやるがな……ほんのちょっとだが」

「ああ、それで良いよ」

アレンが素直にお礼を言うと隊長は見下したように顎を上げながらそう言った。

既に教団は隊長の部下が捕えており、王都に連行する手筈を整えている。その手柄を隊長は頂くと言ったが、アレンはそれを快く受け入れた。そもそもアレンは手柄が欲しくて教団の洞窟に乗り込んだ訳ではない。リーシャとルナを助ける為だ。あまり欲がないアレンにきょとんとした瞳をし、隊長はそうかと小さく呟いた。

「は～……私も剣さえあればあんな奴らに遅れを取らなかったのになあ」

「私も……お父さん達の役に立ちたかった」

ふとアレンの膝の上に座っていたリーシャとルナがため息を吐きながらそう言った。

どうやら勇者教団に捕えられた事が悔しかったらしく、特にルナに至っては眠らされ、ずっと無力だった自分に暗い表情を浮かべていた。

確かにリーシャの実力ならルナが人質に取られず、武器があれば十分対処出来ただろう。ルナも薬で眠らされなければ魔法で彼らを一網打尽に出来たはずだ。ひょっとしたらアレンが助けにいかなくても二人でどうにかしたかも知れない。それくらい力を二人は秘めているのだ。だがアレンは静かに二人の肩に手を置いた。

「二人はまだ子供だから無茶しちゃ駄目だろう。確かに二人の実力なら大人にだって敵うかも知れないが……それでももしもの事があったらどうする？」

アレンが真剣な顔つきで言うと二人もそれ以上何かを言おうとはせず、弱々しい表情でしゅんと肩を落とした。

リーシャとルナの実力は高い。本来子供にやらせたら危険な事でも二人なら簡単に乗り越える。だがだからこそ、より警戒しなければならないのだ。二人が油断して危険な目に遭わないように。

「俺にとって二人は命よりも大切な宝物なんだ。だから危険な事だけは絶対にしないでくれ」

「「はーい」」

ニコリと微笑んでアレンが言うと二人も微笑み、元気な顔を見せながらそう返事をした。

それを聞いてアレンも頷き、幸せそうに二人の頭を撫でた。

「ふん……意外とマシな事を言うじゃないか。やはり引退した冒険者の言葉は違うな」

「それは褒めてるのか？　貶《けな》してるのか？」

「さぁてな」

腕を組んでその様子を見ていた隊長が意外そうにそう言う。アレンは苦笑しながらその言葉の真意を尋ねるが、隊長は手を上げて誤魔化した。

それから隊長は部下に指示を出して今後の事を伝える。その途中でアレンはふとある事を思い出した。

そもそも彼らは勇者を探す為にこの村にやって来たはずだ。だがその途中で勇者教団に出会い、このような事になってしまった。一応尋ねた方は良いのではとアレンは隊長に声を掛けた。

「ところで勇者探しはもう良いのか？　この村には〈勇者の紋章〉を持った子を探しに来たんだろ？」

「ああ……それか」

アレンはそう言ってチラリとリーシャの事を見る。するとリーシャは隊長の事を見ながら少し警戒するように包帯に巻かれている自身の手の甲を触った。ルナもどこか怯えたようにリーシャの服の裾を握っている。

隊長は思い出したかのようにアレンの方に顔を向け、少し考えるように顎に手を置くとアレンの方に視線を向けた。

「それもそうだったな。まさかお前の子が勇者な訳ないが、一応確認しておこう」

「……ッ」

隊長はそう言うとリーシャの元に歩み寄った。普段は人見知りなんてしないはずのリーシャはやたらと隊長の事を警戒していたが、やがて観念するように前に出て手の甲に巻かれている包帯を外し始めた。横ではルナが不安げな瞳で見守っている。

「…………」

「……うむ。やはり違うな。失礼した、お嬢さん」

変わったアザがある事から隊長に何か言われるかも知れないと思っていたアレンだが、

意外にもリーシャの手の甲を確認した彼は何も追及する事なく下がった。リーシャはほっと安堵したように胸を撫でおろす。横ではルナがリーシャの元に歩み寄った。

「では私はこれで失礼する。他にも教団が居るかも知れないからしばらく何人かの部下は残していく。ではな、アレン・ホルダー」

「ああ、何から何までありがとう、ジーク隊長」

最後に隊長はそう言うと部下と共に村長の家を後にした。余計な事を言うがなんだかんだで色々と助けてくれた隊長にはアレンも心から感謝し、お礼を言った。

実際彼が来てくれたおかげで教団の残党からの襲撃を逃れる事が出来たし、村人達も安心して村に居られた。最初に会った時に印象は最悪だったが、なんだかんだで良い人なのかも知れないとアレンは考えを改め直した。

「上手くいったね……幻覚魔法」

「うん……部分幻覚だから心配だったけど、成功して良かった」

ふとリーシャとルナはヒソヒソ声で何か話し合っていた。しかしアレンは二人が話している内容に気づく事はなく、リーシャは何もなかったように手の甲に包帯を巻き直し始めた。

何故隊長はリーシャの手の甲にある〈勇者の紋章〉について何も言わなかったのか？

それは実はリーシャが手の甲を晒した時、密かにルナは幻覚魔法を使ってリーシャの手の甲から〈勇者の紋章〉を消していたのだ。部分幻覚という高度な魔法なのだが、魔王のルナならそれもお手の物だった。何とか自分達の正体を隠せたという事でリーシャとルナはほっと一安心する。

「アレン、お主も休みなさい。魔物用の眠り粉を嗅いだのだから神経が麻痺しているじゃろう。ルナもじゃぞ。リーシャは大人しくしてなさい」

「むー。私だって父さん達の傍に居たいー」

「ずっと膝に乗っていたらアレンも疲れるじゃろう？」

「う～……分かった」

村長がそう言うとリーシャも渋々アレンの膝から降りた。ルナも同じように降りる。彼女は既に眠り粉の効力は完全に切れていた。魔族特有の体質で人間よりも効果が弱かったのだ。だがその事を知らない村長はルナに十分に休息を取るようにと言った。ルナも周りに心配を掛けさせない為とアレンと一緒に寝られる事から素直にそれに従った。対してリーシャはちょっと不満そうに頬を膨らませていた。

「じゃぁ父さん、ルナ。早く元気になってね」

「ああ、心配するな。リーシャ。こんなの少し寝ればすぐに動けるようになるさ」

そう声を掛けるリーシャにアレンは安心させるように笑みを浮かべて答えた。それを聞いてリーシャも笑い、手を振って村長の家を後にした。残されたアレンは隣に居るルナの頭を撫でてやりながら静かに身体の力を抜き、ベッドの身体を沈ませた。

村長の家を出たリーシャは村の道を歩いて行く。だがその足先は真っすぐ自分の家には向かっていなかった。彼女は兵士達の目を掻い潜って村の柵を超え、森の中へと入り込んだ。もう夕方の為、森の中は寒気さをどこか暗い雰囲気を醸し出している。そんな場所にもかかわらず子供のリーシャは武器すら持たず歩き続けた。

そして森の開けた場所で立ち止まり、静かに辺りを見渡す。そして誰もいない事を確認すると宙に鋭い視線を向けた。

「居るんでしょう……？　出て来たらどうなの？」

リーシャがそう言うと木々の隙間から光の球が現れた。小精霊達だ。蛍のように優しい光を放ちながら小精霊達はリーシャの目線の先の方へと集まって行き、徐々に光を強くしていくと巨大な光の球へと姿を変えた。そこからうっすらと女性の像が見え始め精霊の女王が姿を現す。

「ああ、勇者様……どうかお分かりください。今回の事は全て貴方様の為に行った事なのです」

「へぇ、そう……」

懇願するように手を向けながらそう言って来る女王にリーシャは冷たい視線を向けた。

今やリーシャの中では女王の印象は最底辺であった。今回はリーシャを捕えようとしたばかりか、リーシャの大好きなアレンやルナを危険な目に遭わせたのだ。その事がリーシャは許せなかった。何よりも腹立たしかったのは、自分のせいで大好きな父親が傷ついた事だ。今やリーシャの怒りは表面には出さないが最大限にまで達している。女王はその事に気づいていなかった。

「貴方は悪気はなかったんだ？　全部私の為だったんだ？」

「そ、そうです！　勇者様を正しい道に戻す為に……分かってくれまし……ッ」

リーシャの静かな質問に女王は縋る様に何度も頷いた。しかしリーシャに鋭い視線を向けられると言葉を失い、急に怯えたように後ろに下がった。そんな彼女を見てリーシャは静かに拳を握り締めた。

「私は今日、父さんに凄く迷惑を掛けた……」

ポツリと語るようにリーシャはそう呟く。項垂れて前髪がかぶさり、表情が見えなくなる。だがその様子はまるで幽霊のごとく薄暗く、ドロドロとした薄気味悪い雰囲気を纏っていた。

「貴方のせいで大切な妹のルナが危険な目に遭った……貴方のせいで大好きな父さんが傷ついた……貴方のせいで！　私の大切な日常が崩される所だった！」

「ゆ、勇者様……！」

普段のリーシャらしくない、確実に相手に敵意を向けながら彼女はそう声を荒げた。その様子に女王も慌て、弱々しい表情を浮かべながら困惑した。しかしリーシャの怒りは深まる一方。最早爆発寸前であった。

「私は言ったはず……勇者になんてなるつもりはない。私はこの村から出ないって……でも貴方はそれを無視して私を連れ出そうとした」

酷く低く、小さな声でリーシャはそう言った。髪は乱れ、前髪が目に掛かっている。その姿は子供ながらも恐ろしく、見開いた黄金の瞳は鷹のごとく女王の事を狙いすましていた。

ここに来て女王はようやくリーシャが激怒している事に気が付き、自らの生命の危機を感じ取った。

「私は貴方を許さない」

そう言うとリーシャは女王に手を向けた。すると辺りの小精霊達が津波のように蠢き、女王へと向かっていた。女王は慌てて小精霊達を止めようと手を向けるが、小精霊達は言う事を聞かない。リーシャの指揮下にあった。そのまま押し潰されるように女王は小精霊達の集合達に飲み込まれ、吹き飛ばされた。

「ッぁああ！……ゆ、勇者様！　どうかお許しを!!　全ては貴方様の為に私は……ッ」

「……今言ったはず。貴方を許さないって」

「………………ッ!!」

冷たくそう言い話すリーシャを見て女王は理解する。この子は本気で自分を殺すつもりなのだと。

今のリーシャはいつもの彼女ではなく、半分怒りで我を忘れている状態だった。大切な存在を傷つけられ、理性を失っているのだ。そのままリーシャは怒りに身を任せて手を振るい、小精霊達を操った。精霊の女王であるはずの彼女が、本来自分の分身でもある小精霊達に襲われる。女王は悲鳴を上げた。

「くがッ……あああ!!」

怒涛の如く小精霊達は女王に襲い掛かる。その様子はまるで巨大な蛇が獲物を飲み込もうとする動きのようで、蠢いていた。実体を持たない女王だが当然自分の分身である精霊の攻撃ならばダメージはある。身体を構築する光が分散していき、粒子となって散りながら女王は息を荒げ始めた。

「消えて、私の前から」

「ひっ……ひぃぃぃイイイイ!!」

リーシャは傷ついている女王ににじり寄りながらそう言い放つ。指をくいっと動かし、集まっている小精霊達を槍のように鋭くして女王の眼前に突き付けた。

このままだと死ぬ。明確な死のヴィジョンを感じ取りながら女王は悲鳴を上げ、身体を粒子にして分散しながら森の奥へと逃げ出した。

その様子を静かに見ながらリーシャは光が完全に見えなくなると、静かに息を吐いて乱れた髪を整えた。

「……はぁ」

女王が居なくなってもリーシャの表情は浮かばない。それどころか今度は悲しそうな表情を浮かべ、子供のように今にも泣き出しそうに目を赤くしていた。

集まっていた精霊達を解放し、暗闇に包まれながらリーシャは自分の服の裾を力強く握り締めた。

リーシャは今回の事件は全て自分のせいだと思っていた。女王の誘いを断ったから彼女は勇者教団を使い、自分を連れ去ろうとした。その結果アレンを傷つけ、あろう事か魔王のルナまで危険な目に遭わせてしまった。後少しで最悪な事態になってしまっていたのかも知れないのだ。もしも自分があの時女王の誘いを受けていれば、もしくは始末していればこんな事にはなからなかったのに……そう彼女は後悔していた。

だが、リーシャはそれ以上に自分でもどうしようもなくある思いを抱いていた。それはこれだけの事件が起こったのにもかかわらず、またアレンとルナが危険な目に遭うかも知れなのに、それでもまだこの村に居たいというままならない思いだった。

ポタリと地面に雫《しずく》が零れる。空は暗く、雨など降っていなかった。

「ごめんなさい……父さん……それでも私は、父さんの傍に居たい」

何故かリーシャは自然とそう呟いていた。何に対しての謝罪なのか、自分のせいで今回の事件が起こってしまった事か、それともそれでもまだ村に居たいと思うやましい自分の事を謝罪したのか……最早彼女自身にも分からなかった。

リーシャだけは眠り粉を盛られなかったのにもかかわらず、どういう訳か彼女はふらついた足取りで村へ戻り始めた。その足取りは今にも壊れてしまいそうな人形のように脆く弱々しい物だった。

勇者教団の事件から数日が経ち、村もようやく平穏を取り戻した頃、今日もまたアレンは部屋でルナに魔法の授業を行っていた。と言ってもルナは既に殆どの魔法を習得している為、ルナが自力で勉強をしている中でアレンがアドバイスしたりする程度の授業なのだが、ルナはそれだけでも大好きな父親と一緒に居られて幸せだった。

「ねぇ、お父さん……」

「ん、どうした？　ルナ」

ふと、床に魔法書を開きながら勉強をしていたルナは顔を上げてアレンの方を見つめた。その瞳はどこか心配そうで、アレンも読み途中だった本を止めてルナの事を見た。

「最近、リーシャが元気ない気がする……」

ルナはもじもじと指を動かしながら自信なさげにそう言った。

アレンはふむと唸って顎に手を置きながら考える。父親の視点から見たらリーシャにこれと言った変化はないように見られる。昨日だっていつものように元気に剣の稽古をしていた。むしろ元気過ぎるくらいだった。

だが人は見る視点によって態度の違いが出るものだ。特に歳の近いルナのような妹視点から見れば、姉の微妙な変化にも気づくのかも知れない。ましてやリーシャは勇者教団に誘拐されたばかり。いくら元気なあの子と言えど怖かったはず。アレンは目を瞑りながらそう推測した。

（俺からすればあまり変化はなかった気がするが……リーシャはああ見えて聡い子だからな……心配させないように敢えて元気に振舞っているのかも知れない）

リーシャからすれば自分が元気のない態度を取っていたら周りを不安に思わせてしまうかも知れない、と考えている可能性もある。普段から元気なリーシャは村ではスター的な立ち位置だ。そんな彼女が急にしおらしくなれば、村人も心配してしまうだろう。

（きちんと子供の様子は見ているつもりなんだが……俺もまだまだだな）

ペチンと自分の額を叩きながらアレンはそう反省する。

今のリーシャ達は難しい年頃だ。特に母親も居ないというこの環境では色々悩んでしまう事もあるだろう。アレンはその事も含めて出来るだけ二人を気に掛けるようにしていたのだが、やはり自分の目の届かない場所もあったらしい。自身の無力さを感じ、恥じた。

気付けなかった事は仕方がない。次からはもっとリーシャの事を気に掛けるようにしよう。そう反省してからアレンはならばこれからどうするべきかと考えた。

「そうか。じゃぁ何かリーシャが元気になるような事をしてあげないとな」

「リーシャが元気になる事……？」

「例えば遊びに連れて行ってあげるとか、プレゼントをあげるとか……そういうリーシャが喜びそうな事をしてあげるんだ」

ルナもそれを聞いてなるほどと言葉を零し、瞳をキラキラとさせてアレンの事を見つめる。

少々安直な考えのような事もするが、変に遠回しな気の遣い方をするよりも直接リーシャを喜ばせる事をした方が良いとアレンは判断した。特にリーシャのような真っすぐな子ならその方が効果も大きいだろう。そういう考えがあった。だが、とアレンは少し悩むように腕を組む。

（とは言っても、リーシャは村で遊んだり森に散歩に行くのは好きだが、街に出かけようとはしないんだよなぁ……あれくらいの年頃なら街に興味を持ったり、可愛い服を欲しがったりするもんだが）

アレンが考えた作戦には一つ問題があった。それはリーシャが街に興味がないという事だ。ルナもそうであるが、どういう訳か二人はあまり山から降りようとしない。極度の人見知りという訳でもないのに、外界に出る事だけは嫌がるのだ。

となると嫌がる事を無理やりさせても仕方がないので外出という選択肢は自然となくなる。ならば残されたのはプレゼントをあげるという作戦が一番有効そうだ。アレンはそう答えを導き出し、悩んで俯《うつむ》かせていた顔を上げた。すると丁度ルナも何か閃いたという顔をしていた。

「じゃぁ私、リーシャの為にお菓子作る！」

「おお、それは良いな。リーシャは甘い物好きだしな」

ぐっと手を握り締めながらルナは力強く言う。その案にアレンも賛同した。

リーシャはお菓子が好きだし自分でもよく作っている。お菓子を上げればリーシャも喜ぶだろう。ベタな案かも知れないが、現状ではこれが最善と言えよう。だがこれにもまだ問題があった。

「だけど……ルナはお菓子を作れるのか？」

「あ、う……それは……その……頑張る!!」

アレンの不意の質問にルナはビクリと肩を震わせ、不安そうな顔をして声をどもらせながらも何とかやる気を見せつけた。

実はルナはまだ料理が不慣れだ。別に下手という訳ではないが、苦戦しているのは事実である。掃除や洗濯などは得意なのだがルナはまだ自分が料理が得意ではない事に悔しそうな顔をしていた。その子供ながら挑戦しようとする微笑ましい姿にアレンは笑みを零す。

「そうか、じゃぁ一緒に作ってみようか。大丈夫さ、ちゃんと心を込めて作ればリーシャも喜んでくれるよ」

「うん……！　ありがとう、お父さん！」

二人はリーシャの為にお菓子作りをする事にした。

ただ今回はリーシャの微妙な変化にルナが気付いた為、出来上がったお菓子はルナからリーシャに上げる事にした。子供同士の方が変に気を遣わず本音で語り合えるとアレンは思ったからだ。

出来れば今度は自分で気付けるようになりたい。お菓子を作っている途中、アレンは父親として自分はまだまだだと思いながら手を動かした。隣ではルナが四苦八苦しながらお菓子作りをしていた。

リーシャは家から少し離れた原っぱに座っていた。広場として村の子供が遊んだりする場所、まだ少し肌寒く、冷たい風が吹いている。

既に夕刻になっており、リーシャは昼からずっとそこに居た。遊ぶわけでもなく、何かするわけでもなく、ただそこに座っていた。呆然と夕焼け空を見上げながら。

「……はぁ……なんか身体が重いなぁ」

小さくポツリとリーシャはそう独り言を呟いた。

原因は分かっている。このところずっと自分を悩ませている種。明るく振舞いたいのにちっとも元気にならない理由。それはあの時の……勇者教団の事が原因だ。

リーシャはあれからずっと悩んでいるのだ。自分は本当にこの村に居て良いのか？　また教団のような組織が現れたら、今度こそアレンとルナが危険な目に遭ってしまうのではないか？　と不安に思っているのだ。

「駄目だなぁ、私……ルナには私達はこの村に居るべきだって言ったのに。こんな事で悩んじゃうなんて……」

ゴロンと原っぱの上に寝転がりながらリーシャはかつて自身の妹であるルナに言った言葉を思い出す。

あの時ルナは自分が魔王である事に悩み、村から離れるべきではないのかと悩んでいた。種族の違う、ましてや敵種族の王である存在の自分がこんな所に居るべきではないと苦しんでいた。

当然リーシャはそれを否定した。大好きなルナが居なくなるのは彼女にとって耐え難き苦痛だ。魔王だとか魔族だとかそんな事は関係ない。ただ一緒に居たい。家族としてずっと。そう強く思ったからこそ、自分達はこの村に居て良い。そうしないと世界は戦争になってしまうからと理由付けた。その時はリーシャ自身もその答えが正しいと思っていた。

だが、今はそれが揺れている。

（もしもこの関係が続けられたとして……精霊の女王みたいな存在がまた現れたら……父さん達はどうなる？）

精霊の女王は力ずくで勇者であるリーシャを連れ出そうと勇者教団を利用した。彼らは数も多く、薬で眠らせたりと手段を選ばなかった。一歩間違えていたら誰かが傷ついていた可能性もある。だとしたら、次来る脅威を果たして自分達だけで対処出来るだろうか？もしもアレンですら敵わない相手が現れた時、この家族はどうなってしまうのだろうか？

リーシャは額に手を置き、顔を隠すようにした。

「私は、卑怯だ……」

リーシャは最悪のパターンを幾つも想定した。自分が村を出ていなかった場合に起こる出来事を全て予測した。自分の我儘でどれだけの被害を村に与えるかも全て考えた。だがそれでも、リーシャはこの村から離れたくないと思っていた。大好きな父親と大切な妹と一緒に居たいと願った。

目頭が自然と熱くなる。リーシャの顔は手で隠していて見えなかったが、目は赤く腫れていた。

「リーシャ」

「……ッ！」

そんな時、ふと頭上から声を掛けられた。ビクリと肩を震わせてリーシャが飛び起きると、後ろにはルナの姿があった。両腕を後ろにし、何かを隠しているように見える。リーシャは急いで目を擦った。

「ルナ……」

「ずっとここに居たの？　風邪引いちゃうよ？」

「ん……ごめん」

言われてリーシャは自分がいつものように明るく振舞っていない事に気づき、後悔する。どうしてもルナのような同年代の子と一緒だと気が抜けてしまうのだ。これでは自分から調子が悪いと言っているようなものである。特にルナのような小さな変化にも敏感に察知する子が相手では。

リーシャはバツが悪そうな顔をしながら身体を起こしてルナの事を見た。夕焼けに染まりながらルナの漆黒の瞳はリーシャの事を優しく見つめていた。

「まだこの前の事で悩んでるでしょう？　勇者教団の事……そして精霊の女王様の事で」

「ッ……気づいてたんだ。あの女王サマの事に……」

「まぁ、これでも魔王だから」

ルナは優しい口調でそう問いかけて来た。まさか彼女が精霊の女王の存在に気づいていたとは思わず、リーシャは驚いたように固まる。流石は魔王というべきか。それとも察知能力が高いルナ自身を褒めるべきなのか。いずれにせよリーシャからすれば気まずい事実であった。

「酷いよね、私は……私のせいで父さんが危険な目に遭って……ルナも下手したら魔王だって事がバレてた……そしたら、きっと……もっと酷い事になってた……なのに私は、まだこの村に居たいって思ってるの。恨まれて、当然だよね」

手を震わせながらリーシャはポツリポツリと語り出した。

あの時最も危険な状況だったのは何を隠そう目の前に居たルナだ。ただでさえ勇者を狂信的に崇めている教団がルナが魔王だと気付けば、何としてでも彼女の事を殺そうとしただろう。精霊の女王だって魔王を倒したいと願っていた。密かにルナの事を狙っていたのだ。

その事を伝え、リーシャは怒られる覚悟をした。言ってしまえば自分のせいでルナは危険な目に遭ったのだ。責められて当然。最悪殺されてもおかしくない程の怒りを買ったはずだ。

普段のリーシャらしくない程彼女は肩を竦めて弱々しい表情をした。だが、そんな彼女の事をルナはただ優しい表情をしたまま一歩近づいた。

「私は、リーシャの事を恨んでなんかいないよ……本当はあの時だってリーシャだけでも逃げられたのに、私の事を心配して大人しくしてくれてた……リーシャは私の事を守ってくれたんだよね？　だから私は恨んだりなんかしない」

「……ッ」

それはリーシャには優し過ぎる言葉だった。手を小刻みに震わせ、ルナから顔を背けて今にも泣き出しそうに目を赤くした。

どうしてこんな自分に優しい言葉を掛けてくれるのだろうとリーシャは疑問に思う。危険な目に遭わせた相手なのに、宿敵である勇者だというのに、魔王のルナは全く気にしていない。それが嬉しくて、そして辛い。

「でもッ……！　父さんも傷ついた！　私達を大切にしてくれてる父さんを私が危険な目に遭わせた！」

「大切にしてくれてるからこそ、でしょ？　お父さんは私達の事を本当に愛してくれてる……だからこそ、危険な目に遭っても私達を守ろうとしてくれたんだよ」

リーシャはルナの優しさを拒絶するように顔を背けたまま訴えた。しかしその言葉を聞いてルナは動じず、両手を後ろにしたままリーシャにそう語り掛けた。その言葉を聞いてリーシャもすぐにそれを否定する事が出来ない。顔を俯かせて辛そうに唇を噛みしめた。

「ねぇ、前にリーシャは言ったよね？　私達が今こうして平和に村で暮らしてるのは、神様がそう願ってるからだって……」

「…………」

おもむろにルナはそう尋ねて来た。随分と懐かしい話だ。リーシャはその時の事を思い出しながら黙ったまま頷いた。今喋れば泣き出しそうな事がバレてしまうと思ったからだ。

「私も、最近はそれが本当なんだって思うようになった……だって勇者と魔王が手と手を取り合えるって凄い事だもん。本来なら交じり合う事のない人間と魔族が家族として過ごしてるんだよ？　こんな事普通ならあり得ないよ」

ルナの何気ない問いかけはじんわりとリーシャの胸にゆっくりと沁み込んで来た。言葉の一つ一つが傷ついた心を癒すように優しく、リーシャは少しだけルナの方に顔を向けた。気づけば手の震えは止まっていた。

「でも、私は……」

「もう、リーシャは頑固だなぁ」

それでもまだリーシャは後ろ向きな発言を続けた。そんな彼女の事を見てルナがクスリと笑みを零し、まるでルナの方が姉のようにやれやれと言ったように首を振った。少し悩むように頬に指を当て、何かを思い付くとまた手を後ろに下げた。

「じゃぁ教えてあげる……私のお姉ちゃんはとても優しい人。魔王の私にも差別なく接してくれて、いつも明るく私に元気を分けてくれる……私は、そんなお姉ちゃんの事が大好き」

「……ッ」

急にルナは普段の呼び方とは違う言葉でリーシャの事を語り始めた。

ルナはリーシャの事をお姉ちゃんなどと呼んだ事はない。一応リーシャが姉という事にはなっているが互いに昔から名前で呼び合うのが自然になっていた為、今までそんな呼び方はした事がなかったのだ。その言い方はどこか他人行儀っぽいが、確かにリーシャの事を指していた。思わずリーシャは顔を上げてルナの事を見た。

「一緒に乗り越えようよ、リーシャ。だって私達は姉妹でしょ？」

そう言ってルナは後ろにやっていた片手を出してリーシャに差し出した。それを見てリーシャは少し躊躇うが、ルナは優しく微笑みかけてくれた。

「……ルナッ」

リーシャはそう呟き、ゆっくりとルナの手を取った。その手は少しだけ冷たかったが、リーシャには心地良いものだった。確かな繋がりを感じ取り、リーシャは先程までずっと悩んでいた事などまるで気にしなくなっていた。

するとルナは後ろにしていたもう片方の手を出して可愛くラッピングされた袋をリーシャに差し出した。

「はいコレ。お父さんと一緒に作ったんだ」

「え、何コレ……甘い匂い……クッキー？」

「うん、頑張って作ったんだよ」

プレゼントと言ってルナはそれをリーシャに手渡す。リーシャはほのかに匂って来る甘い香りを嗅ぎ、急にお腹が減り始めた。そう言えばもう夕刻なのだ。いつもなら一目散に帰って夕飯を食べる時間帯である。

リーシャは今更ながらそんな事を思い出し、袋を開けて中から一枚クッキーを取り出した。少し形はでこぼこだが、そこからまたルナらしい。試しに一枚齧ってみると、少しだけ苦い味がした。

「ありがとう、ルナ」

けれど嫌いな味ではない。優しい味だ。

リーシャは微笑みながらルナにお礼を言い、二人で家に戻る事にした。彼女の足取りはいつもより軽く、表情にも元気が戻り始めていた。


家の庭でアレンは剣の素振りをしていた。何時間も振り続けて既に腕はパンパンになり、額からは大量の汗も流れている。それでも彼は剣の素振りを止める事は無かった。それどころかその勢いは更に速く、鋭さを増していく。

いつもならリーシャと剣の特訓をするのが日課だが、今回はリーシャとルナは村の子供と遊んでいる為家に居ない。故にアレンは久々の一人の時間を鍛錬に費やした。昔冒険者の頃にしていたように、ただがむしゃらに剣を振り続ける。

その瞳は普段の温厚なアレンとは違い、どこか焦りが感じられた。何かを急ぐように、彼の素振りは荒々しいものとなっていく。剣を握っている手からは血が滲《にじ》んでいた。

「……ふっ！……ふっ！」

当然手からはジワジワと痛みが伝わってくる。だがアレンはその痛みなど気にせず腕を動かし続けた。

目の前に何か仮想の敵を想像する訳でもなく、剣の振り方を改良する訳でもなく、力任せに思い切り振るう。風を切る音に地面に生えている草が揺れ、その剣がどれだけの勢いなのかを物語っている。だがアレンはどれだけ鋭い剣を振っても満足した表情をしなかった。

（あの時……教団と遭遇した時にもっと警戒して対処しておけば、リーシャ達は攫われずに済んだ……俺がもっと強ければ、皆を守れた……！）

アレンの不満。それはあの時勇者教団に襲われた時に無力だった自分に対してだった。

もしあの時アレンが眠り粉を嗅がされる前に教団を倒していれば、被害はもっと少なく済んだかも知れない。教団に遭遇した時点で逃走して村に伝えていれば、リーシャとルナが攫われるような事も無かったかも知れない。そんなもしもの事を考えてアレンは悩まされている。リーシャ達に危険な目に遭わせてしまった自分を悔やんでいるのだ。

(俺はまだ……弱いままだ……)

ここしばらくは身体の調子が良かったから己惚れていた。自分は若い冒険者だった時のように戦えるのだと勘違いしていた。そうアレンは後悔する。

所詮自分は全盛期だった時に街で多少名が広がっている程度の冒険者だ。自分は英雄のような圧倒的な力を持っている訳ではない。あくまでも並の冒険者である。それを改めて今回思い知らされた。アレンは悔しそうに唇を噛みしめる。

そして彼は荒々しく振るっていた剣をようやく止め、口から大きく息を吐き出した。

「ふぅ……年甲斐もなく、熱くなってしまったな」

額から流れる汗を拭いながらアレンは疲れたようにそう呟く。

実際いくら身体の調子が良いからといってアレンの歳で長時間の運動はキツいものだ。現に手も負傷している。アレンは綺麗な布で滲んでる血を拭いた。

「よう、アレン。何だかガキの頃みたいな事してんじゃねぇか」

「……！　ダン」

ふと後ろから声を掛けられる。アレンが振り向くとそこにはダンの姿があった。

アレンの剣の素振りを見ていたらしく、ダンは懐かしむような視線を向けながらアレンの素振りを面白がっていた。

「見ていたのか……」

「ああ、大分前からな。随分と熱心なご様子じゃないか。何かストレスでも溜まっているのか？」

「いや、別に……」

ダンの質問にアレンは頬を掻きながら嘘を吐く。

本当は今も頭を悩ませている原因があるのだが、それを言うのが小恥ずかしくて言い出せなかった。特に同年代のダンのような相手だと猶更。自分が今も子供の時のままのような気がし、アレンは言いづらそうに視線を背ける。するとダンはアレンに近づき、アレンが持ってる剣の事を見ながら口を開いた。

「どうせあれだろう？　この前のリーシャちゃん達が攫われた事で悩んでんだろう？　お前は昔から責任感が強いしな」

「……！」

意外な事にダンはアレンの悩みを見抜いていた。腕を組みながらやれやれと首を振ってため息を吐く。

やはり昔よく遊んだ仲だったからか、ダンはアレンの事をよく分かっている。彼がどういう人柄で、昔何故冒険者を目指していたのかもダンは知っているのだ。だからこそダンは呆れたような視線をアレンに向ける。

「もっと気楽に行こうぜ。二人は無事だったんだ。それで良かったじゃないか」

「……だが、俺がもっと冷静に状況を判断していれば二人は誘拐されずに済んだかも知れない」

「それこそ〈かも〉だろう？　言い出したら切りがないぜ、そんなの」

「…………」

ダンの言っている事も正しい。反省するだけならともかく、アレンのようにただ悩み続けるだけの行為は無駄と言えよう。既に終わった事をいつまでも考えていては前に進めない。だがそうは分かってもアレンは簡単には顔を縦に頷けなかった。

「それでも自分が無力だったのは事実だ……俺はお前のように前向きには考えられん」

アレンは自虐的な笑みを浮かべてそう呟いた。

アレンは自分の実力がどの程度なのか分かっている。ある程度の敵には通用するが、それ以上の敵と遭遇すれば敵わない。所詮は〈万能の冒険者〉の限界。全能ではない。

そう悲しそうな表情を浮かべているアレンにダンはポンと背中を叩いた。

「おいおい、俺からすればお前の方が前向きだぜ？　アレン。俺はガキの頃冒険者になるなんて考えた事もなかった。自分はこの村で一生を過ごすんだって思ってたからな」

ダンからすればアレンの方がずっと前向きな性格をしていると考えていた。

こんな辺境の村に住んでいた子供が、王都に行って冒険者になる。そんなのは普通の村人の子なら考えない事であった。皆自分がそのような器がないと分かっているからだ。何か特別な力がある訳でもなく、飛び抜けた才能がある訳でもない。皆夢を諦めているのである。だがアレンだけは違った。彼は小さい時からずっと冒険者になりたいと願い続け、そして行動に移した。ダンはそれを尊敬していたのだ。

「そうは言っても、俺は大した冒険者じゃない」

「そう卑下するなって。長年冒険者として生活していただけでも十分凄いさ」

ギルドから退職を言い渡された身である為、アレンは複雑そうな顔をしながらそう言う。しかしその事を知らないダンは遠慮しているだけなのだと思い、励ますようにアレンの背中を叩いた。

「もっと肩の力抜けよ。お前は二人の子供を一人で育ててる凄い奴だ。自信持てよ。アレン」

「……お前には敵わんな。ダン」

最後にアレンの肩に腕を乗せながらダンは笑ってそう言った。その言葉に励まされ、アレンもようやく明るい表情を浮かべる。

昔からダンは村のムードメーカーのような存在だった。今で言うリーシャのようなスター的な存在だったのだ。アレンはそんな昔の事を思い出しながらダンに感謝した。

「そう言えば最近王都の方でちょっとした事件が起こってるらしいぜ。西の村でも噂になってた」

「なんだ？　また魔王再来みたいな預言が出たのか？」

それから二人は他愛ない話を始め、ふとダンが思い出したように手をポンと叩きながら言いだした。アレンはどうせまた信憑性のない話なのだろうと軽く見たが、ダンはちっちっと舌を鳴らして人差し指を振った。

「いや、何でもヤバい魔物が暴れ回ってるらしい。色んな場所を転々としながら人を襲ってるんだとさ」

ダンの言葉を聞いてアレンは目をぱちくりとさせ、意外そうな表情を浮かべる。

魔物が出現するのは大して珍しい事ではない。だが繁殖期でもないこの時期に人を襲い、場所を転々としている魔物というのは珍しいケースだ。何か違和感のようなものを覚える。

アレンはどこか遠くで均衡が崩れるような音を聞いた気がした。もちろん、気のせいのはずだが。


「よしよし、クロは良い子だねぇ」

「ワフワフ」

原っぱの隅っこでルナはクロとじゃれ合っていた。本当はリーシャと他の村の子供達と遊んでいたのだが、そこまで外遊びが好きではないルナは休憩という事でクロとじゃれ合う事にしたのだ。ただしクロは一応ダークウルフという魔物の為、村の子供達には気付かれないようにする必要があった。ルナは辺りを警戒しながらクロの頭を撫でた。

「ワン」

しばらくそうやってルナがクロの事を可愛がっていると、突然クロが木々が密集している方に吠えだした。気になったルナもその方向を見る。

村の境界線である柵を超えたその先、森に続くその木々の間にルナは視線を向ける。するとそこには大きな蝙蝠の姿をした魔物が潜んでいた。赤い目を光らせ、ルナの事を見つめている。だがルナは怯えるような動作はしなかった。何故ならその魔物はルナの知っている魔物だからだ。

「アカメ……」

「シュルルル……」

アカメと名付けたその蝙蝠型の魔物の方を向き、ルナは立ち上がる。クロも同じく立ち上がると、木々の合間に隠れている魔物は蛇のような声を出しながらルナを呼ぶ動作を取った。何か伝えたい事があるらしい。それが分かるとルナはチラリと後ろに視線を向けて原っぱで遊んでいる子供達を見た。そこにはリーシャの姿もある。少しくらいなら離れても大丈夫だろう。ルナはそう判断し、魔物の方に視線を戻した。

「何か用……？　分かった。今行く」

ルナはそう言うとコクンと顔を頷かせた。そしてクロと共に柵を通り抜け、森の中へと入り込む。途中に魔物除けが撒かれているが、クロと蝙蝠の魔物は秘密の抜け道がある為、そこを通り抜けて移動する。ルナの友達の魔物は皆この秘密の抜け道を使ってルナに会いに来るのだ。

そしてしばらく森の中を進むと、草木に囲まれた部分に辿り着いた。辺りは岩が積まれており、まるでそこは会場のような作りになっている。

そしてその岩の上にはたくさんの魔物達が座っていた。猿のような姿をした魔物に、鋭い牙を持った虎のような魔物、中には長い角を持ったケンタウロスも居た。ルナは彼らの事を見ても怯えたりせず、ニコリと微笑んだ。

「皆久しぶり……今日はどうかしたの？」

ここに居る魔物は全員ルナの友達である。と言ってもルナがそう思っているだけであって、彼らからすれば自分達の主である魔王のルナに従っているだけであり、友情というよりも主従の関係に近い。中にはクロのような幼い魔物が懐く事もあるが、いずれにせよルナは全員の事を友達として接していた。

「グルルルル……」

魔物の中の一匹、通常の虎よりも何倍も大きい虎型の魔物がルナに話しかける。言葉が通じる訳ではないのだが、ルナには彼らの伝えたい言葉が何となく分かる。ルナは虎型の魔物の鳴き声を聞きながらコクコク頷いた。

「凶悪な魔物が？　街で暴れてる？……それは、ちょっと不味いかもね」

虎型の魔物曰く、最近街の方で見た事もない魔物が暴れているらしい。

ここに集まる魔物達は遠くから来た魔物だったり、群れの一部が遠方に行って報告をしに戻って来たりする為、様々な外の世界の情報が手に入る。故に遠くの街で起こった異変も簡単に分かるのだが、いかんせん今回の報告は少々眉を顰めるものだった。

ルナは厄介事の報告を聞き、口元に手を当てながら目を細めた。

凶悪な魔物の出現情報はルナにとってあまり喜ばしい事ではない。基本魔物は魔族に近い種族であるが、時に魔物の中には主である魔王に対しても牙を剥くものがいる。むしろ反抗心を持って積極的に襲う傾向がある。結論から言うと凶悪な魔物は魔王のルナにとっては歓迎出来ない相手なのだ。

（トラ曰くまだ街の方だから大丈夫みたいだけど……いずれこっちの方に来る可能性もある。狙いが魔王の私だとしたら、だけど）

ルナの心配はその魔物の目的だ。街で暴れているだけならそれで構わないが、その目的が魔王を探す為だったりすれば厄介事だ。魔物は本能的にもしその魔物がこの村にやって来たならば、村の被害はこの前の勇者教団の比ではないだろう。ルナは考える。これからどうすれば良いかを。

「……分かった。それじゃアカメは今後も山の監視をお願い。トラはよそ者が現れたら対処を。その魔物の情報も集めておいて。それで私に逐一報告して」

考えを纏めたルナは周りの魔物達に指示を出す。魔物達もそれを聞いて反論せず、コクンと頷いて了承した。

ひとまず今は警戒態勢。こちらから動けば自分が魔王である事がバレる可能性もある。

今は成り行きを見守ろうとルナは判断した。

それから幾つかの報告も交えて話し合いを続け、今後のそれぞれの行動も決まった所で話は終わる。色々と不安はあるが、ルナは子供の自分で出来る最低限の答えは出したつもりだった。

「それじゃ皆、今日はこれで解散ね」

「グルルル」

「キィー」

話を纏めた後、ルナはパンと手を叩いてそう言った。魔物達も鳴き声を上げながらその場から立ち去り、木々の合間をすり抜けて姿を消した。残されたルナはクロと共に村の方に戻る事にする。木々を抜け、原っぱに辿り着く。するとそこにはリーシャの姿があった。金色の瞳がルナの事を見つめている。

「ルナ、何してたの？」

「リーシャ……」

思わずビクンと肩を震わせてルナは驚くが、別にリーシャに対して隠すような事はない。リーシャもルナが出て来た木々の方を見ると納得いったように顔を頷かせた。

「ひょっとして魔物達といつものお話してたの？」

「うん……まぁね」

「良いなー、私もあのおっきな虎型の魔物とじゃれ合いたいよ」

実はリーシャもルナが魔物達と友達であり、時々森の中で話し合いをしている事は知っており、その事を羨ましがるようにため息を吐いた。ルナからすればあんな大きな魔物とじゃれ合うのは中々ハードルが高い気がしたが、その事を指摘するような事はしなかった。

「それでね……その、街の方で凶悪な魔物が現れたらしいの」

虎とじゃれ合いたかったとブツブツ言っているリーシャに対して、ルナは少し言いづらそうな表情を浮かべてもじもじと指を動かしながらそう切り出した。

ルナからすれば魔物が問題を起こせば魔王である自分が原因でもある為、言い出しづらい内容であった。だからといって隠す訳にもいかない。正直に言うとリーシャはほわと間抜けな声を上げて口をぽかんと開けた。

「はぁ……凶悪な魔物。なるほど、じゃぁ注意しないとね」

「う、うん……」

意外にもリーシャはいつもと変わらぬ態度で前向きな事を言う。この前の事を気にして敢えて強気な態度を取っているのかも知れない。何にせよルナにとっては頼もしい限りだ。

リーシャの言葉を聞いてルナはニコリと微笑み頷いた。

「大丈夫だよ。一緒に乗り越えるんだよね？　ルナ」

「……うん！　そうだね、リーシャ」

リーシャの微笑みながら言うその言葉にルナも頷き、自分達なら大丈夫だと強気な気持ちになる。

ルナはその小さな拳をそっと握り締めた。こんな細い手では少々頼りない気もするが、何となくルナは拳を作って意気込んだ。


草木の間から僅かに日が差し込むが深い森の中で一人の女性が走っていた。革の服の上から簡易的な鎧を身に纏い、真っ赤な長い髪を一部だけおさげにして垂らした美しい女性。そんな彼女は額から汗を流し、焦りの表情を浮かべながら走っていた。

「はぁ……！　はぁ……！」

肩で息を切らしながら木の根を飛び越え、足場の悪い道を走り続けながら女性はふと後ろを振り返る。そこには何も居ないが、彼女は背後から迫り来る脅威を感じ取っていた。

視線を前に戻し、女性は必死に走り続ける。

（しくじった……まさかこの森にこんな上級の魔物が徘徊してるなんて……！）

忌々しそうに舌打ちをしながら女性は心の中でそう毒を吐く。

炎のように真っ赤な髪が乱れ、前髪が目に掛かる。それをうっとうしそうに払いながら彼女は腰にある剣に手を添えた。

今回は探索が目的だった為、装備は戦闘用の物ではない。この剣一本だけでは少々心もとないが、いざとなればこれで戦うしかない。女性はそう心の中で覚悟を決めた時、突如横の草むらが大きく揺れ動いた。

「グルルル!!」

「……ッ！」

女性が気付いた時には遅く、立ち止まろうとした瞬間に草むらから巨大な影が飛び出した。

豚のような醜い顔に、人型の屈強な身体、腰には革の布が巻かれており、その皮膚は分厚く焦《こ》げた緑色をしている。野良オーク。

通常オークは魔族に分類される種族なのだが、中には言葉も話さず、獣と同じように獰猛な種族がいる。それらを野良オークと言い、ギルドでは魔物として分類されていた。

魔物と分類されているだけあって野良オークの凶暴性は高い。特に人間を積極的に狙って行く性質がある為、森の中で出会ったりすれば相当面倒な目に遭うのは確実だった。

「くっ……オーク！」

「グォォオオオオオ!!」

現れたオークを見て不愉快そうな感情を言葉に含みながら女性は腰の鞘から剣を引き抜いた。白く美しい剣が光り輝く。しかし殆ど理性のないオークはそれを見ても一切動じなかった。女性は両手で剣を持ち、構えを取る。

先に動き出したのはオークだった。近くにあった岩を持ち上げてそれを女性へと投げつける。自分よりも倍はある岩に押しつぶされれば当然ひとたまりもない為、女性は慌てて飛んで来た岩を回避した。

岩が地面に激突してズンと重々しい音が響き渡る。その直後に女性は駆け出し、オークとすれ違いざまに足を切り裂いた。オークの足から黒々とした血が噴き出した。だが、浅い。

(硬い……!　今の装備じゃこのオークには勝てない……!)

巨大な腕を振り回して来るオークから距離を取り、女性は乱れた前髪を払って小さく息を吐いた。

オークの皮膚は分厚くて硬い。とても今の細身の剣では骨まで達しないだろう。特にこのオークはかなり大きく、気性も荒い。今の自分では勝つ事は難しいと女性は冷静に判断した。

しかし簡単にはオークは逃がしてくれなかった。気づいた時には女性の前にオークが迫っており、そのブクブクとした太い腕を振り下ろしていた。女性はあっと間抜けな声を漏らす。視界が真っ暗に覆われ、明確な死のヴィジョンを感じ取る。死が近づく。――だが、次の女性の視界に映ったのは突如現れた黄金の少女が可憐にオークを斬り払っている光景だった。

「グィァアアアア!?」

「――――ほっ!」

まだ幼いその少女は子供とは思えない身のこなしでオークと渡り合う。自分よりも何倍も大きいオークを前にしても何も恐れた素振りを見せず、その黄金の瞳を輝かせながら剣を振るった。

「う~ん、見ない魔物ね。よそ者かな」

「グゥォォァアアアア!!」

突然現れた少女に邪魔をされた事にオークは腹を立て、雄たけびを上げながら岩を持ち上げて少女に投げつけた。しかし少女は華麗にそれを避け、更に自らオークへと近づいて行った。オークの股を通り抜け、背後へ回ると一瞬で剣を払う。オークは悲鳴を上げた。

「よそ者ならちゃんとウチの妹に挨拶しなさい!」

「グォアアアアア‼」

余裕の笑みを浮かべながら少女はそう言って更に剣を振るう。

剣はさして上等な物という訳ではない。だが少女の鋭く研ぎ澄まされた一撃によってオークの身体は少しずつ傷ついていき、着実にダメージを増やしていった。オークも動きが鈍くなり、少女はその隙を突いて一気にとどめを刺した。

「ゴバァァァっ……⁉」

決着は一瞬だった。気づいた時にはオークは地面に伏せており、少女はあれだけの激しい戦いをしたというのに一切の息切れをせず剣に付いた血を払い、鞘に戻していた。

乱れた金色の髪を整え、少女は何事もなかったかのように腕を伸ばした。赤髪の女性はその光景をぽかんと口を開けてただ呆然と見つめていた。

「なっ……え……？」

女性は呆気に取られていた。一体何が起こったのか？　自分よりも圧倒的に年下の女の子がオークを倒したという状況が理解出来ず、混乱していた。

野良オークは強力な魔物として知られている魔物だ。その実力はケンタウロスと並ぶ程厄介な相手である。故にこんな子供が勝てる相手の訳がない。出来たとしても騎士の元で育てられた子や、英雄の子、可能性は低いが勇者であればまだ納得が出来るだろう。それくらいのレベルなのである。

（こ、こんな子供がオークを……な、なんて子なの……！）

赤髪の女性は未だに手を震わせながら今起こった出来事を信じられずにいた。だが現に自分のこの目で見た為、受け入れるしかない。

別に前例がない訳ではない。ギルドで老齢の冒険者は子供の頃から冒険者のような生活を送り、竜と戦ったという者も居る。そういう前例があるのならばこんな可愛らしい女の子がオークを倒すのだって理解出来る。女性はそうやって無理やり自分を納得させた。

すると少女も思い出したように女性の方に視線を向け、ニコリと微笑みかけた。

「あ、大丈夫だった？　お姉さん」

「え、あ……え、ええ。助けてくれてありがとう。強いのね、貴方」

あれだけの強さを見せつけながらも少女は子供らしい可愛らしい仕草でそう心配して来た。

その仕草は子供らしい雰囲気なのだが、何となく先程の戦いでそのギャップを感じてしまい、戸惑った表情を浮かべながら女性は応えた。

「お姉さん冒険者？　その恰好からして西の村の人じゃないよね？」

「ええ。私はナターシャ。王都のギルドに所属してる冒険者よ。貴方は？」

少女はこの辺りに住んでいる子なのか、そう質問をして来た。女性は隠し立てする必要もないので自分の身の上を述べ、名を明かした。そして少女の名を尋ねると、彼女は金色の髪をなびかせながらニコリと笑みを浮かべた。

「私はリーシャ。この山の奥にある村に住んでるの」

金髪の少女リーシャはそう言って名を明かす。鞘に収めた剣を地面に付いてクルクルと回しながら後ろの方を指さす。その方向に村があるのだろう。ナターシャはこの辺りに村があった事に少し意外そうな表情を浮かべた。

「リーシャちゃんか。凄いわね。まだ子供なのにオークを倒すだなんて……」

「父さんに鍛えられてるからね～。まぁまだ全然敵わないけど」

やはり彼女は父親に鍛えられてあそこまでの実力を持っていたらしい。という事は親はかなり凄腕の実力者なのだろうとナターシャは予測した。まだ子供なのにオークを倒せるという事は英雄レベル、ひょっとしたら王都でも名を馳せた人物なのかも知れない。だがそこで疑問も上がる。そんな人物が何故こんな辺境の村に住んでいるのかと。

「へ～、そうなんだ。お父さんは凄い人なの？」

「そうだよ！　私よりももっともっと強くて、いっつも手も足も出ないの。魔法も使えるし何でも出来るんだ」

「それは……凄いわね」

　両手を握り締めながらキラキラとした瞳で言って来るリーシャにナターシャは少しだけ後ろに下がった。どうやらリーシャはかなり父親の事を慕《した》っているらしい。だがこれで分かった。やはりリーシャの父親は相当な実力者なのだと。

　子供とは言えオークを倒す程のリーシャが敵わないとなると、まずその時点で剣術の腕も高いのだと推測出来る。そして魔法も使えるというのはかなり器用という事だ。

　剣と魔法を両立して使いこなす事は決して難しい訳ではないが、冒険者でもそれを行う人は少ない。結局中途半端な形で終わってしまう為、どちらかを特化する為に片方を捨てる。精々絆創膏《ばんそうこう》代わりの治癒魔法を一年掛けて覚えるくらいだ。

「お姉さんは何しにこの山に？　この辺は私が住んでる村と魔物しか居ないよ？」

　一瞬リーシャはナターシャの事を見極めるような鋭い視線を向ける。しかしナターシャはその視線には気が付かなかった。戻しておいた剣の柄にトンと手を乗せ、一度咳払《せきばら》いをする。

「私はギルドの依頼でこの辺りを調査しに来たの。最近街で凶悪な魔物が現れてね。それを追ってるのよ」

　ナターシャの事を聞いてリーシャは僅かに反応を見せた。

凶悪な魔物。それはリーシャが今気にしている存在でもある。先程までの明るい雰囲気を残しつつも、その黄金の瞳はナターシャの事をしっかりと見据えていた。

「その凶悪な魔物って……この辺に居るの？」

「それは分からないわ。幾つかの街が襲われて、ギルドはたくさんの冒険者に調査任務を出してるの。私もその一人」

そう言ってナターシャは自分の事を指さす。リーシャはふぅんと相槌《あいづち》を打った。

最近現れたこの魔物は幾つかの街を襲撃しており、冒険者達の手に余っていた。本格的に討伐するには魔物の生息場所を探る必要もある為、ギルドはまず調査任務を冒険者達に与えたのだ。

「リーシャちゃんもこの山に住んでるなら何か知らないかな？　魔物達の様子がおかしいとかない？」

「う～ん。私、本当は一人で森を歩いちゃいけないって父さんに言われてるから、実はこっそり出て来てるんだよね。だからあまり分からないかなぁ」

ナターシャの質問に頭を掻きながらリーシャはバツの悪そうな表情を浮かべて答える。

リーシャはまだ子供だ。その為、いくら実力があると言ってもリーシャはまだ一人で外に出てはいけないと注意されていた。しかしリーシャの好奇心をそれだけで抑える事は出来ず、彼女はこうしてこっそりと森の中を出歩いていた。一応ちゃんと武器は持っている為、それなりの注意は払っている。それでも父親がもしこの事を知れば卒倒してしまいそうなものだ。

「そっか。それじゃぁ私はもう行くわ。リーシャちゃんもいくら強いからと言って無理しちゃ駄目だからね？」

「うん！　お姉さんも気を付けて！」

この辺りの調査はこれ以上無駄だと判断したナターシャは調査地を変える事にし、リーシャにそう伝えた。彼女もニコリと満面の笑みを浮かべて手を振る。

それからナターシャは森の中を歩き続け、山のふもとまで下りて来た。彼女は先程出会った妖精のように可愛らしいリーシャの事を思い出し、ふむと口元に手を当てて考えた。

（リーシャちゃんか……本当に子供とは思えない程強い子だったな。きっと将来英雄クラスの剣士になるわね）

今回出会った少女は本当に強かった。子供の小さな身体からは考えられない程の速さと力でオークを圧倒してみせた。特にあの剣技。彼女は力だけではなく立派な剣術でオークの攻撃をいなしていた。

「そう言えばあの剣術……どこかで見た事あるような気が」

ふと足を止めてナターシャは自分が下って来た道を振り返り、そう言葉を呟く。

あの時リーシャが見せた剣術にどこか覚えがある。その昔、自分がまだ新米冒険者だった頃、あの剣術を見た気がしたのだ。

ナターシャは自身の古い記憶を探り始める。あの剣術を見た時どこか懐かしい気がした。その違和感の正体をどうしても解明したい。額に指を当て、目を瞑ってうーんと唸って考え続ける。そしてパチリと目を開き、ナターシャは「あ」と声を漏らした。

「アレンさん……？」

ポツリとナターシャは懐かしい人の名前を呟く。

アレン・ホルダー。かつて〈万能の冒険者〉として王都で有名だった冒険者。剣、槍、斧と言った様々な武器を使いこなし、魔法すらも火属性や水属性といった複数の属性魔法を使いこなす。

その異常な器用さから万能の称号を授かった伝説の冒険者であり、人に物を教えるのが得意で何人もの新米冒険者がアレンに指導をしてもらっていた。ナターシャもその一人だ。自分が冒険者になったばかりの時、右も左も分からなかったあの頃はアレンによく世話になっていた。

アレンは皆よりも歳上でベテランの冒険者だった事から教官的な立ち位置でもあったの

だ。そんな彼が使っていた剣術にリーシャの剣術は似ていた。

（どうしてリーシャちゃんの剣術がアレンさんのと似てるの？……確かアレンさんはもう冒険者を引退して、それ以来消息は分かっていないはず……）

目を細めながらナターシャは考えを巡らせる。

別に剣術が似ているなどただの偶然かも知れない。アレンだってたくさんの冒険者に技を教えて来た為、その内の一人がリーシャに教えている可能性だってある。だがあの剣術はあまりにもアレンの剣術に似過ぎていた。そこがナターシャの引っ掛かる部分だった。

有り得るはずがない。あれ程の実力を誇っていたアレンが、こんな辺境の地に居る訳がない。ある出来事が切っ掛けでアレンは冒険者をやめる羽目になったが、それでも彼の実力は十分高いはずだ。

（きっと、偶然よね……）

ナターシャはこんな辺境の地にアレンが居るとはどうしても思えず、その固定概念に囚われてもしもの可能性を見つけ出す事が出来なかった。

視線を前に戻し、ナターシャは再び歩き始める。とにかく今の自分の任務は魔物の調査。それが第一優先。ナターシャは自身の目的が何なのかを改めて再確認し、歩みを進めた。

「剣を学びたい？　ルナが？」

「うん……リーシャみたいに上手くは出来ないかも知れないけど、私も強くなりたいの」

アレンが確認を込めてそう尋ねてみると、ルナは力強く頷いた。その黒い瞳は強く輝いている。どうやら本気らしい。アレンはカップを机の上に戻し、コホンと一度咳払いをした。

「まぁ別に教えるくらい全然構わないんだが……とりあえず一回やってみるか」

「うん！」

頬を掻きながらアレンはそう言う。

教えるくらいなら全然構わない。ルナは魔法は得意だが、身体能力はそこまで良いという訳ではない。だがだからと言ってそれが剣を学ばない理由にはならない。かくいうアレンだって特別な才能がある訳ではないが、長年剣術を鍛え続けようやく形になったのだ。努力すれば人間は成長する。大切なのは挑戦する心を忘れない事だ。そう思いながらアレンはルナの申し出を受け入れた。

そしてひとまずいつもリーシャとやっているように庭で剣術の特訓をする事になり、ルナには小振りの木剣が手渡された。素振りや剣の振り方を見ればその人間の特徴が大体でるものなので、アレンはしばらくの間ルナに好きなように振るわせた。そして数分後。

「もう……限界……」

肩で息を切らしながら青い顔をしてルナはそう訴えた。腕は小刻みに震え、木剣を持っている事すらつらい程疲れている様子だった。

やはりと言うべきか予想通り過ぎたその結末にアレンも思わず苦笑し、ルナにタオルを手渡した。

「ははは、結構頑張った方だぞルナ。だが急にリーシャみたいな振り方をしても身体は付いて来られないさ」

「うぅ……まさかリーシャがこんな大変な事をしてたなんて」

ルナは木剣を下ろしながら悔しそうにそう言った。

ルナは毎日リーシャの剣を振っている姿を見ている。その為頭の中ではそのやり方などは理解出来ていた。それを真似て振ってみたのだが、いかんせん上手くはいかない。頭で考えてみる事と実際にやってみるのでは全然違ったのだ。

「一体急にどうしたんだ？　突然剣を学びたいなんてルナらしくないな」

「…………」

アレンは木剣を肩に置きながらそう尋ねる。するとルナはペタンと地面に座り込みながら言いにくそうに指をもじもじと動かした。ああいう仕草をするという事は何かしら理由があるという事だ。アレンも地面に座り、胡坐をかきながらルナの返事を待った。

「その……私もお父さんみたいに剣も魔法も使えるようになりたくって」

恥ずかしそうに顔を赤らめながらルナはそう告白する。

ルナは単純に強くなりたかった。リーシャやアレンを守れるくらいの力が欲しかったのだ。もしかしたら最近噂されている魔物がこの村にやって来るかも知れない。その時は撃退出来るよう強くなろうと考えたのだ。その結果、剣術も習得すればより強くなれるのではと子供らしい考えに行きついたのだ。

「はは、俺みたいにか……それは嬉しいな」

「だって、お父さんは本当に凄いもん。色んな魔法を使えるだけじゃなくてたくさんの武器を使いこなす事も出来る……そんな事が出来る人なんてそうそう居ないよ」

身体を前のめりにしながらルナはそう訴える。その言葉を聞いてアレンは照れくささを感じながらも、心の中では素直に喜べなかった。

アレンは確かに凄い事をしている。剣だけでなく斧や槍を使いこなし、様々な属性の魔法も習得している。そのような人間はルナの言う通り中々居ない。だが逆を言えば居なくても問題ない存在なのだ。

アレンはため息を吐き、頭を掻きながら口を開いた。

「前にも言っただろ。俺の技術は中途半端な物ばかりなんだ。どれも極めてないからルナみたいな強力な闇魔法の攻撃を行えない。その程度の技術なんだよ」

手を振りながらアレンは自虐的にそう答える。

控え目と思われるかも知れないがアレンが言っている事は事実だ。アレンが覚えている様々な魔法はあくまでも一般人でも覚えられる限界の範囲。幾つかは特別な魔法も覚えているが、ルナのような魔法の極致でもある強力な闇魔法の攻撃は出来ない。要するに切札になり得るような手段を持たないのだ。

「例えばの話。もしも俺が竜と対峙したら、奴の火炎を防ぐ手立てがない。得意の水魔法の盾を張ったところで、奴の火力の方が上回って掻き消される」

指を一本立てながらアレンはそう例え話を始めた。

ルナは竜を見た事はないが本などを読んで知っている。通常の魔物よりも何倍も大きく、トカゲ種の魔物とは比べ物にならない程の大きさと強さを持った恐ろしい怪物。それが竜。街一つ滅ぼす程の力を持った悪魔。それと対峙した時の事を想像してルナは少し怖がるように顔を顰めた。

「だが水魔法を極めておけば強力な水の盾で防ぐ事が出来る。実際の所一番良いのは一つに特化する事なんだよ」

「……でも、父さんは色んな魔法を使えるからこそ勇者教団を倒せたってリーシャが言ってた」

自分を卑下するアレンの事が嫌なのかルナはそう弁護した。それを聞いてアレンは腕を組んで悩み込む。

ルナ達が自分を褒めてくれるのはあくまで父親という眼差しで見ているからだ。自分のような人間は王都に出ればたくさん居る。それどころか更に強い冒険者など山のように居る。二人共才能があるからこそ、その事実を知っておいて欲しい。アレンはそう願い、何とかルナが納得出来る説得をしようとした。

「あれはまだ人間の範疇《はんちゅう》で収まってたからさ。一定のラインを越えたら俺の技は通用しない。俺よりも強い奴なんて山ほど居るんだ」

勇者教団の光の騎士はまだアレンでもどうにか出来る相手だった。ダンジョンなどで出会う魔物のボスくらいのレベルだったからだ。だがアレンがあしらえるのはそこまでのラインである。それを超えた敵には最早どの技も通用しなくなり、アレンは白旗を振るしかない。

「まぁ何にせよ、ルナは強力な闇魔法を使えるんだ。それを極めるのが一番強くなる近道だよ」

「……うん」

結局のところ強くなるならルナの得意な闇魔法を極めるのが一番効率が良い。魔力消費の多い闇魔法だが威力は通常の魔法とけた違いであり、加えてルナは大量の魔力を持っている。相性が良いのならそれを伸ばさない手はない。アレンはそうルナに伝えた。すると彼女はまだ納得のいかなそうに顔を俯きながらも小さく頷いた。

ルナも自分が一番得意なのは闇魔法という事も理解している。それを伸ばせば自分はより強くなれる事も分かっていた。だがそれを認めてしまうと、自分がアレンやリーシャとは違う魔族である事を改めて認識させられ、少しだけ寂しさを感じてしまうのだ。

すると、その寂しい様子に気づいたようにアレンがぽんとルナの頭を撫でた。思わずルナは顔を上げる。目の前ではアレンが優しい笑みを浮かべていた。

「心配するな。ルナは才能だってあるし一番頑張り屋さんだろ。将来凄い魔術師になれるさ」

「……！　うん！　えへへ」

励ますつもりでアレンがそう言うとルナは嬉しそうに笑みを零した。

リーシャの笑いかたと違って照れたようなその笑みは可愛らしい。アレンも思わず幸せな気持ちになり、ルナの頭を優しく撫でた。

「ただいまー。あれ？　父さんとルナ何してるの？」

するると丁度よくリーシャが帰って来た。散歩すると言ってしばらく出かけていたが、どこか服装が乱れ、激しく動いた痕跡がある。アレンはルナから手を離し、リーシャの事をじとりと見た。

「リーシャ……お前さてはまた森に一人で入っただろう？」

「えっ……な、何で分かったの？」

「俺を騙せると思うなよ。何度も言っただろう？　一人じゃ危ないから森に入るなって」

「え、えへへ〜……ごめんなさい」

アレンが指摘するとリーシャは誤魔化せないと悟り、頭を掻きながらしゅんとして謝った。

実はリーシャは時折一人で森に入り、魔物と戦っている事があった。アレンはしっかりとそれを見抜いており、度々注意をしているのだがリーシャは中々言う事を聞いてくれなかった。

きっと自分の実力をもっと高めたいのだろう。リーシャの気持ちも分かる。だが親としてアレンも出来るだけ厳しくしないといけないと分かっている。しかし彼にはどうしても強く言えない理由があった。

（まぁ俺もガキの頃よく森に入って武者修行みたいな事してたしなぁ……リーシャの気持ちも分からんではないが）

アレンは頬を掻きながら懐かしむようにその時の事を思い出す。

小さい頃は己の限界を感じなかった為、どんな無茶も出来た。自分の身の丈より何倍も大きい魔物を相手にしても何の恐怖も感じなかった。故にどこまで行けるのかが試したくなり、森に入って魔物を倒し続けたのだ。

リーシャもきっと自分の力を試したいのだろう。子供の時ならアレンもその思いに同調出来た。だが今では親という立場の為、素直にリーシャの思いを尊重する事は出来なかった。もしもの事を考え、リーシャの身を案じてしまう。

そしてその日の夜、いつものようにご飯をたらふく食べて寝る準備をし、寝室のベッドに座っていたリーシャは隣のベッドで座りながら本を読んでいるルナの事を見た。手には紋章を隠す包帯とは別に絆創膏が貼られている。昼間剣の素振りをしていた時に出来た傷だ。普段あまり手を激しく使うような行為はしない為、慣れない動きにルナの手は耐えられなかったらしい。それを見つめながらリーシャはふと口を開いた。

「ルナ、昼間父さんと剣の稽古したんだって？」

「えっ……う、うん」

突然話し掛けられてルナはビクリと肩を震わせ、読み途中だった本の手を止めてリーシャの方を見た。リーシャはその綺麗な黄金の瞳で静かにルナの瞳を見据えていた。その瞳はまるで心の中を見透かしているようでルナはドキリとした。

「何で急にそんな事を？」

「そ、その……私もリーシャみたいに剣を使えれば、お父さんのように強くなれるかな……って思って」

ルナは少しビクつきながらそう答えた。何となくアレンから剣を教えてもらったらリーシャにそれは自分の分野だと言って怒られるような気がしたからだ。

ルナは顔を俯かせながらチラリとリーシャの事を見る。するとリーシャはいつもと変わらない明るい表情で笑みを浮かべていた。

「なるほどね～。ルナは頑張り屋さんだね。確かに父さんみたいに剣も魔法も使えたら最強だよね」

「うん……でも、やっぱ私には向いてなかった」

そう言ってルナは自分の絆創膏だらけの手を見せた。

あれからルナも何度か剣の素振りをしてみたが、全部駄目だった。恐らく時間を掛けて続けてもそこまで上達はしないだろう。やはりルナは根っからの魔術師タイプの魔族なのだ。その事に少しだけ悲しそうな表情を浮かべる。

「ははは、私も魔法の方はさっぱりだからね。正反対だね、私とルナって」

「まぁ……勇者と魔王だからね」

リーシャとルナは姉妹である。だが本当の姉妹ではない。リーシャは勇者であり、ルナは魔王。二人は全く正反対の存在なのだ。

その事を改めて思い出し、ルナは何だか妙な気持ちになる。今目の前で寝間着姿で呑気にベッドの上に座っているのは、本来自分を殺しに来る勇者のはずなのだ。だと言うのにこんなにも大好きで、大切な姉として認識している。本当に不思議な気持ちだ。

「あ、でもさ、私は剣が得意で、ルナは魔法が得意だったら二人で協力すれば父さんを守れるくらい強くなれるんじゃないかな？」

「……あ～」

ふとリーシャは名案を思い付いたかのようにぽんと手を叩いてそう提案した。

そのまるで簡単な足し算のような言い分にルナは微妙な顔をするが、確かにそう考えれば実現性は高いのではないかとも考える。

「まぁ言われてみれば……そうかも知れないね」

「でしょでしょ！　じゃぁ今度から一緒に戦おう！　ルナ！」

「え～……でもリーシャってすぐ魔物に突っ込むじゃん。私の魔法の巻き添えになっちゃうよ？」

「そこは上手く避けるからさ！　連携でこう……」

ルナがそれに同意するとリーシャは調子に乗り、戦う時はこうしようとああしようと色々と提案をし始めた。するとルナもその気になり、その作戦に対して的確な指摘をする。そうやって話し合っている内に時刻は進んで行き、勇者と魔王の戯れはいつの間にか襲って来た眠気によって幕を閉じた。

それぞれのベッドの上でリーシャとルナはすぅすぅと寝息をたてながら眠っている。その日の夜はとても静かだった。


冒険者ギルドは今日もまた賑わっていた。長テーブルの上に並べられた料理を頬張りながら次はどの依頼を受けるかと相談し合う者達も居れば、真剣にダンジョンの攻略方法を話し合う者も居る。いずれも活気に包まれており、ギルドの中はたくさんの冒険者達によって埋め尽くされていた。

そんな中真っ赤な髪をした女性が椅子に座りながら丸テーブルの上に地図や資料を広げ、

何やら難しい表情を浮かべていた。髪の一部をおさげにして垂らしているのが特徴で、キリッとした深紅の瞳をしている。

彼女の名はナターシャ。この王都ギルドに所属するベテラン冒険者であり、それなりに名も広がっている実力者である。

「おうナターシャ、何難しい顔をしてんだよ？」

悩んでいるナターシャの元に一人の男が現れる。

三十代後半の割には引き締まった肉体をしており、分厚い鎧を纏った男。顔には切り傷が絶えないが、人当たりは良さそうな雰囲気を出している。彼はナターシャの冒険者仲間であり、時折依頼も一緒にこなす事がある友人でもあった。彼が現れた事に気が付き、ナターシャは眉間に寄せていたしわを戻して顔を起こした。

「ちょっと気になる事があってね……まぁ調査とは関係のない事なんだけど」

「ああ？　なんだよそりゃ」

ナターシャの疑問が今ギルドを悩ませているあの魔物の調査の事ではないと知り、男は意外そうに首を捻りながら尋ねる。するとナターシャは少し周りを警戒するように見渡した後、先程よりも小声で男に話しかけた。

「アレンさんって覚えてる？　アレン・ホルダー」

ナターシャはかつての自分の師匠でもある人の名をそっと呟いた。

本来なら彼の名は別に隠すように言うものでもない。むしろそれなりの有名人でもある為、隠し立てする必要はないはずなのだ。本来ならば、だが。

「ああ、〈万能の冒険者〉アレンだろ？　懐かしいな。俺も昔よく依頼を付き合ってもらってたわ」

男は当然と言わんばかりに胸を張って答えた。

冒険者アレンと言えばこの世代の冒険者ならばよく世話になった先輩冒険者だ。冒険者になったばかりの頃に必要な道具を教えてくれたり、倒しづらい魔物の攻略法を教えてくれたりと、頼りになる存在であった。そんな兄貴分のようなアレンの事を忘れる訳がない。

男はそう自信満々に言った。

「あの人がギルド辞めた理由は……知ってるわよね？」

「そりゃぁお前……あの時の事を覚えてる奴らなら皆知ってるさ」

少し言いづらそうな顔をしながらナターシャはそう尋ねた。すると男も急に不快そうな表情を浮かべて、手を上げながら首を振った。まるでその時の事を思い出したくないかのように唇を噛みしめる。

「あの坊ちゃん冒険者が気に入らないって理由だけでギルドの職員に金握らせて、アレンさんを辞めさせたってやつだろ？」

男が嫌々そう答えると、ナターシャは肯定も否定もせずただ黙って辛そうな表情をした。

坊ちゃん冒険者とはかつてアレンとパーティーを組んでいた新米冒険者であり、少々家が裕福である事から色々と調子に乗っていた冒険者であった。その性根を叩き直す為もあってその坊ちゃんはアレンの元で依頼をこなす事になったのだが、あろう事かその坊ちゃんは自分を指導するアレンが気に入らないという理由だけで不正な取引をし、アレンをギルドから辞めさせたのだ。

この事には当時の冒険者達もかなり驚いていた。実はアレンに辞職を言い渡した職員も当時お金に困っており、上司に確認を取る前にアレンに戦力外通告を言い渡したのだ。その結果アレンはそれを真に受け、本当にギルドを辞めてしまった。

当然多くの冒険者がこの事に憤慨《ふんがい》し、抗議を起こした。だが判明したのが遅く、一部始終を見ていた人も少なかった為、抗議の結果ギルドの職員は辞めさせられたが、事件の原因である坊ちゃんは未だに呑気に冒険者を続けていた。恐らくまた不正に金を回したのだろう。

「ギルドが辞職を取り下げて急いで呼び戻そうと思った時には時遅く、アレンさんはもう街を出て遠くに。行先は故郷だとか言ってたけど誰もその場所を知らず、結局消息不明

「……」

　不満そうに拳を握り締めながら男はそう言葉を終えた。ずっと黙っていたナターシャも悲しそうな表情を浮かべている。

　アレンの辞職はギルドに大きな傷を残した。万能とまで称されたベテラン冒険者の消失。アレンはその性質からそこまで目立つ事はないが、全ての事を平均的にこなす事が出来る為、どのような状況にも対応出来るオールラウンダーな冒険者だった。

　そんな彼が居なくなった事によってダンジョンで突然湧いた新種の魔物に対応出来なかったり、新米冒険者が依頼先で予想出来なかった事故にあって被害が続出するなどが多々起こった。

　アレンはギルドにとってとても大きな存在だったのだ。

「確かにアレンさんは体力の衰えを気にしていたが、それでも十分冒険者を続けていける実力があった……何度あの坊ちゃん冒険者を半殺しにしてやろうかと思ったことか」

「そうね……それはきっと皆が思ってることよ」

　拳を握り締めながらブルブルと震わせて男はそう言う。ナターシャにもその意見には賛成だった。だがそんな事をしてアレンが戻ってくる訳ではないし、あの坊ちゃんを袋叩きにすればギルドにどんな濡れ衣の汚名を着せられるか分からない。何も反論する事が出来ないというのに当時の冒険者達は皆怒りを覚えた。

「そんで？　そのアレンさんがどうかしたのか？」

「それが……この前調査中にアレンさんの剣術と似ている女の子と会ったのよ」

ようやく本題に入り、ナターシャは以前調査中に森の中で出会った少女の事を伝えた。

自分達が尊敬していたアレンと似た剣術を扱う少女。その実力は、準備が万全ではなかったとは言えナターシャが苦戦したオークを一瞬で倒す程で、明らかに英雄クラスの実力を秘めている。その時の事をナターシャは仲間の男に伝えた。

「それはなんというか……妙な偶然もあるもんだな。でもお前が調査してた所は辺境の山の方だろ？　あんな所にアレンさんが居るわけない」

「私もそう思うんだけど……何か引っ掛かって」

あれ程の実力を誇っていたアレンなら辺境の村などに住まず、どこか別の街で何らかの仕事に就いているはずだと思っていた。しかし男の同意を得てもナターシャは納得のいった表情を浮かべなかった。

（あの女の子、リーシャちゃんの剣術はアレンさんのものにあまりにも似過ぎていた……偶然とは思えない程）

ナターシャは口元に手を当てて神妙な顔つきをしながらそう考えた。

ではもしも仮にリーシャがアレンに剣術を教えてもらったと言うなら、それはどのような状況だったのか？

いつものようにアレンが新米の冒険者に技を教えるように、リーシャもまた剣士か何かの剣を用いる仕事に就きたくてアレンに師事したのか？　アレンが旅か何かの途中で、たまたま立ち寄った村でリーシャと出会い、剣を教えたのだろうか？　だがそれだといくら何でも剣術が似過ぎている。短期間であそこまで技が似るなんて事はそうない事だ。

（そう言えばリーシャちゃんは山の奥にある村に住んでるって言ってたっけ……一度そこを調べてみれば何か分かるかも知れない）

あの辺境の地の西の方に村がある事は知っていた。だがそこにアレンのような元冒険者の村人が住んでいるような情報はなかった。故にナターシャはこの地にもアレンは居ないだろうと考えていたが、ひょっとしたらリーシャの住む山の中の村にアレンの痕跡か何かしらがあるかも知れない。その考えに至り、今抱えている難題を終わらせたら調査してみようと決断した。

「ところで問題の調査の方は進んでるのか？」

「あーうん……そっちの方は大分範囲を絞れてきたらしい。ギルドマスターも近々討伐任務を出す予定らしいよ」

「そうかい、そりゃ何よりだ」

ふと男は思い出したように話を今冒険者達の間で話題に上がっているものに切り替えた。

最近街に現れた凶悪な魔物。何人かの冒険者が派遣されたがいずれも討伐する事が出来ず、更には一度は逃走を許してしまう程その魔物はしぶとい。更に面倒な事にまだ魔物の姿が明確に確認されておらず、どのような魔物なのか判明していないのだ。そのせいで対策を取る事も出来ず、後手に回る羽目になっている。

ナターシャはこんな時こそアレンが居てくれればとついつい思ってしまった。アレンだったら調査もお手の物だろうし、初見の魔物が相手だったとしても長期戦に持ち込み、弱点を見極めながら着実に追い込んで行くだろう。

「調べるにせよ……まずはこの件を終わらせないとね」

ふと自分の手を見つめながらナターシャはそう呟いた。

ひょっとしたらアレンとまた会う事が出来るかも知れない。そうなれば再び冒険者に戻って一緒に依頼を受ける事が出来るかも知れない。そんな期待を抱きながらナターシャはそっと拳を握り締めた。

眩《まばゆ》い日差しが降り注ぐ中、アレンはいつものように畑を耕していた。服の裾と袖を土だらけにし、首にはタオルが巻かれている。その姿だけ見ると誰もがアレンを普通のおっさんだと思うだろう。今のアレンはもう四十代後半。剣を持たなければただのおっさんなのだ。

「ふぅ……よし、良い感じに育ってるな」

だがアレンの表情は満足に満ち溢れていた。野菜の育ち具合を見て嬉しそうに頬を緩ませ、額から垂れる汗をタオルで拭う。

確かに今のアレンは剣を振るうよりも畑を耕す事が多いかも知れない。だがそれは二人の子供を養う為でもあり、アレンはこの仕事の重要性を十分理解していた。力も必要だが、生きる為には食べなくてはならない。食べるには食料が必要だ。だからアレンは不満など一切抱かず、収穫出来た野菜を見て満面の笑みを浮かべた。

「おぅ、アレン」

「ん？　ダンか。どうかしたのか？」

ふと後ろから声を掛けられる。そこにはダンの姿があった。アレンはタオルを解いて額に溜まってる汗を拭きながらダンの方に振り返った。

「村長がお呼びらしいぜ。なんか話したい事があるってよ」

「話したい事……？」

親指を後ろに向けながらダンはそう言う。それを聞いてアレンは僅かに眉間にしわを寄せた。

村長がアレンを呼び出すのはさして珍しくない。森で魔物が暴れているとか、よそ者がやって来たとかで困った時は、元冒険者であり腕が立つアレンが頼られるからだ。だが今回は何か妙な胸騒ぎがした。最近森の魔物達も姿を現さなくなり、どこか様子がおかしい。アレンはタオルをポケットに入れると軍手を外した。

「一体何の用なんだ？」

「それは村長に自分で聞いてみてくれ。俺は呼べとしか言われてないからな」

「…………」

「そう怖い顔すんなって。平気だろ。今回の村長は切羽詰まった顔してなかったからな」

アレンが警戒するように表情を険しくしているとダンはアレンの肩を叩きながら安心させるようにそう言った。

村長が切羽詰まった表情をしてなかったという事は一刻を争うような状況ではないという事だろう。前回勇者教団の事件で少しピリピリしていたアレンはそうかと言って小さく息を吐き出し、村長の家へと向かった。

村長の家に到着し、扉を開けると丁度村長が客間でお茶を淹《い》れている所だった。

お茶を淹れるだけの余裕があるなら本当に大した用事ではないという事だ。アレンは緊張していた自分を反省し、家に上がった。

「村長、来たぞ」

「ああ、アレン。よく来てくれたの」

アレンが現れた事に気が付くと村長はニコリと微笑んで彼を迎え入れた。

表情もいつも通り。何か焦っているような節もない。アレンはそう分析しながら村長の方へと歩み寄った。

「まぁ座ってくれ。茶でも飲もう」

村長はそう言ってアレンに椅子に座るようにジェスチャーした。アレンもコクリと頷いて椅子に座る。向かい側の席に村長もよっこいせと声を出しながらゆっくりと座り、熱いお茶の入ったカップを口に含んだ。

「それで、何の用なんだ？」

「うむ……アレン、お主は最近外界の街である魔物が暴れているという噂は知っておるか？」

アレンもお茶を一口飲んだ後、ようやく本題へと入り込む。すると村長は一度咳払いをし、確認を込めてアレンにそう尋ねて来た。街である魔物が暴れている。その噂はアレンも丁度新聞で目にしていた。

曰く、その魔物は複数の街を襲撃し、ギルドから派遣された冒険者達もことごとく返り討ちにして姿をくらましたらしい。派遣された冒険者はいずれもベテランの冒険者だったが、その全員がやられたとなるとその魔物の凶悪さがよく分かる。

ギルドは躍起になって大勢の冒険者にその魔物の調査を行ったが、まだその魔物の姿も分かっていないとか。

アレンは熱いお茶を喉に流し込み、ふぅと息を吐き出してから頷いた。

「ああ……この前新聞で読んだよ」

「その魔物、ギルドの調査によるとこの地域に今は潜伏しているらしい」

「……！」

村長の口から出た思わぬ言葉にアレンはピクリと眉を顰ませた。

街を襲撃し、多くの冒険者を返り討ちにした魔物がこの近くに居る。それは黙って見過ごす事の出来ない情報だ。

「本当か……？」

「ああ。西の村の者達にも聞いてみたが、どうやらギルドはこの地域に包囲網を張るつもりらしい」

「という事は魔物を討伐する魂胆だな」

「そのつもりなのじゃろう」

ギルドは面子を気にする。多くの冒険者を導入して倒せなかった魔物をそのまま逃がすつもりは当然ない。倒してくれるならそれに越した事はないが、もしも被害が村の方まで来たら少々面倒だ。アレンはそう考えながら目を細めた。

「まぁ心配は要らん。その魔物は儂らの村の近くには来ていないらしいからの。じゃが念の為儂らも魔物除けの他に幾つか防御壁を築いておきたいのじゃ」

「そうだな……今の魔物用の柵だけじゃ不安だし。設置しておこう」

どうやら村長の用は村の防御壁についての相談をしたかったらしく、アレンも新しい防御壁を作るという案には賛成だった。

一応魔物が村に入り込まないよう、大量の魔物除けを巻き、魔物用の柵が設置されているが、それだけでは不安だ。相手は街を単独で襲撃した程の凶悪な魔物。もしもの時の為に準備はしておいた方が良いだろう。

アレンは村長と共に村の地図を広げ、どこをどうすれば良いかを相談し合った。

「ほら見て見てルナ！　綺麗な蝶々《ちょうちょ》！」

「リーシャ、それ蝶々じゃなくて蛾型《ががた》の魔物だよ……」

ある日の事、リーシャとルナは二人で森の中を歩いていた。横にはクロも並んで歩いており、番犬のごとくルナを守るように周りを警戒している。ただし時折リーシャの事を睨みつけるような視線を向けており、リーシャもその視線に気づいてむっとした表情を浮かべていた。

本来、二人はアレンと一緒でなければ森の中に入ってはいけないはずだった。リーシャはしょっちゅうその約束を破っているが、大人しいルナも今回は珍しくアレンに黙って森に入っていた。

その罪悪感を彼女は覚えながらも、ある事を確かめる為に森の中へと進んで行く。ルナは自然と胸の前で手を組んだ。

「こんな事お父さんにバレたら怒られちゃうよ……」

「仕方ないでしょー。ルナがどうしても気になるって言うから」

「それは、そうだけど……」

ルナは暗い表情を浮かべながらアレンに怒られてしまうと嘆く。しかしリーシャは全く気にした素振りを見せず、気丈に振舞いながらルナに言葉を述べた。それをルナは否定する事が出来ず、更にしゅんとしてしまう。

暗くなっているルナの事を放っておき、リーシャはどんどん先へと進んで行く。そして一本の木の所に立ち止まると、そこの根っこに飛び乗って辺りをキョロキョロと見渡した。腰にある剣にそっと手を触れながら、彼女は一つ小さく息を吐く。

「うーん、やっぱり……魔物の数が少ないね」

そう言ってリーシャは剣から手を離し、ぴょんと根っこから飛び降りた。ルナはそれを危なそうに見つめていた。そして同じようにその場から辺りを観察し、いつもよりも魔物の数が少ない事に同意した。

リーシャとルナが気になっていた事。それは最近森の様子がおかしく、前よりも魔物の数が少なくなった事だった。最初はリーシャが魔物を相手に戦うようになった為、リーシャを恐れて魔物が出て来なくなったと思っていた。だがルナの友達である魔物も何匹か姿を現さなくなっており、ルナはそれをおかしいと感じたのだ。

「皆怯えてる……私達にじゃなくて、よそ者の気配を感じ取ってるんだ」

「それって、この前言ってた凶悪な魔物の事？」

「……多分」

ルナは友達の魔物達の事を心配しながらそう呟く。

「ルナもその気配を感じるの？」

「何となくは……でもまだ大分遠い。多分この山の付近には居ない」

魔王であるルナには魔物の気配を敏感に察知する力がある。特に対象の力が強ければ強い程その気配は感じ取りやすくなる。ルナも遠くから近づいて来るその魔物の気配には少しずつ気が付いており、時折不安そうな表情を浮かべる事があった。だからこそ魔物達の話し合いの時に色々対策を講じたのだが、状況は様子見では済まなそうである。

「魔王のルナの事を探してるのかな……？」

「それは分からない。その魔物が知性がある魔物なのか、ただ獰猛なだけの魔物なのか、何も分かってないの。だからアカメに調べさせてるんだけど……」

リーシャの質問にルナは心配そうな表情を浮かべながら応える。

アカメとはルナの友達の蝙蝠型の魔物だ。小回りが利き、空も飛べる事から探索に向いている。その為ルナはアカメにその魔物の調査を頼んでいたのだが、未だにその報告は帰って来ない。ルナの漆黒の瞳は不安でより黒く塗りつぶされた。

その時、二人の頭上から羽音が聞こえて来た。バサバサと枝にぶつかりながらその黒い物体は二人の元に舞い降りてくる。リーシャは思わず腰にある剣に手を伸ばしたが、ルナは慌ててその手を止め、その影の方を見た。

「……アカメ！」

「シュルルゥウ……」

それは魔物のアカメだった。何故か羽が傷ついており、アカメ自身も披露している様であった。ルナは慌ててアカメの元に駆け寄る。そして手を差し出し、治癒魔法を唱え始めた。リーシャも抜きかけていた剣を鞘に収め、ルナの元に近寄る。

「どうしたの？　そんな傷だらけで!?　待ってて今治すから……」

ルナは目を瞑って意識を集中させる。するとアカメの身体が淡い緑色の光に包まれ、みるみるうちに身体の傷が治って行った。光が収まるとアカメはすぐに宙を飛び回り、元気に鳴き声を上げた。隣では大人しく様子を見ていたクロも嬉しそうに吠えていた。

「ふぅ……もう大丈夫」

「相変わらず凄いわね。ルナの治癒魔法は」

「お父さんにしっかり教わったから。それにリーシャもすぐ怪我するからね」

ルナの凄まじい効力の治癒魔法にリーシャはひゅぅと口を鳴らしながら言った。するとルナはどこか困ったような笑みを浮かべながらそう返事をした。

元々ルナが治癒魔法を覚えたのはリーシャがすぐ怪我をするからだった。

まだ身体も出来上がっていない子供の頃から大人のアレンと剣を打ち合い、今では魔物とも一人で戦う程になったリーシャは当然生傷が絶えない。本人は気にしていないが、流石にまだ子供で女の子なんだからとルナは治癒魔法で日々治しているのだ。そのおかげで今ではルナの治癒魔法は大抵の傷ならすぐに治せるようになっていた。

「それにしても一体何があったの？　アカメ」

「シュルル……」

ルナは顔の向きを変えてアカメにそう話し掛ける。するとアカメは大きな翼をバサバサと羽ばたかせながら蛇のような鳴き声を漏らした。リーシャにはそれが何を言っているのかさっぱりだったが、ルナはまるで言葉が通じるようにうんうんと頷いて相槌を打っていた。

「何だって？」

「……例の、街を襲ってる魔物にやられたらしい。アカメがそれらしい影を見つけて追ってたら、突然攻撃されたって」

二人の話が終わった所リーシャがそう尋ねる。するとルナは真剣な表情で口元に手を当てながらそう答えた。

任務が失敗してしまった為、申し訳なさそうに耳を垂らしているアカメをルナは優しく撫でてやった。彼女はアカメが頼み事を失敗した事よりも、自分のせいで友達が傷ついた事を悔やんでいるのだ。リーシャもその事に気づき、そっとルナの肩に手を置いた。

「こっちの事がバレたかな？」

「それは大丈夫だと思う……アカメの話だとその魔物は冒険者達の包囲網から逃げてる途中なんだって」

「ああ、そう言えば父さん達が何か話し合ってたね。近々魔物を討伐する作戦が実行されるとかって」

アカメから聞いた事をルナは伝え、リーシャも思い出したように顔を上げて作戦の事を口にした。

先日アレンと村長が話し合っていた事をリーシャは実は小精霊達を通して聴いていたのだ。小精霊達はリーシャが命じれば何でも言う事を聞いてくれて、危険や脅威などを事前に教えてくれる事もある。それを思い出してリーシャも目を細めた。

「じゃぁ冒険者達に討伐されるかな？　その魔物は」

「……そう簡単にはいかないと思う」

包囲網が展開されているというならこのまま魔物も討伐されるのではないか、とリーシャは楽観的に考える。しかしルナはゆっくりと首を横に振ってそれを否定した。

（気配を消すのが上手いアカメの監視に気づく程の魔物……それを見抜けたなら、相当実力が高いって事）

本来蝙蝠型の魔物であるアカメの気配に気づくのは一流の冒険者でも難しい事だ。〈シャドウバット〉。通称姿隠し蝙蝠と呼ばれる彼らは名前の通り姿を消すのが上手く、気配を全く感じさせない。それは彼らが冒険者や敵対している魔物から身を守る為に得た技であり、簡単には見抜く事は出来ない。

それに気付ける程の魔物だと言うのだから、ただ獰猛なだけではないのだろう。何か目的があってこの地域までやって来ているのかも知れない。冒険者に追われるというリスクを負いながらも。

ルナは冷や汗を垂らした。悪寒がする。何かよくない事が起こる前触れを感じ取った。

（いざとなったら……私がこの手で……）

黒髪を揺らし、前髪で目が隠れながらルナはそう決断する。その瞳は髪でリーシャには見えなかったが、覚悟を決めた漆黒の色で塗りつぶされていた。

もしもの時は魔王である自分が手を下すしかない。子供ながらもそう残酷な決断をルナは下す。だがふいにリーシャが首を傾げながら声を掛けて来た。

「ルナ」

「……えっ」

突然話し掛けられたのでルナは呆気に取られたように口を開けてリーシャの方を見る。

そこには目をぱっちりと開き、ルナの事を見つめているリーシャの姿があった。それを見た瞬間、先程までルナが瞳に宿していた漆黒は消え去った。

「私達は一緒に戦うんだよね？」

「……！　うん、そうだね」

念を押す訳でもなく、リーシャはただ優しくそう語り掛ける。するとルナも先程まで強張っていた表情が緩み、優しい笑みを浮かべながら頷いた。

それからアカメも無事自分の住処の方へと戻って行き、リーシャとルナも村へと戻った。


城の国王の部屋では最近しわがやけに増えている国王が疲れ切ったように椅子に座っていた。その傍らにいつものように預言者のファルシアが青いローブを纏いながら佇んでおり、国王の様子を気にしている。

国王は背もたれに大きくもたれ掛かりながら静かにため息を吐いた。すると預言者は少し躊躇しながら一歩前に出て口を開いた。

「最近は街である魔物の事が噂になっておりますね……陛下」

「ああ……そのようだな」

預言者の言葉に対して国王は虚ろな目をしながら覇気のない声で答えた。

無理もない。国王は勇者探しに全力を尽くし、毎日休む暇もなく兵団の管理を行っているのだ。おまけにいつ魔族が襲って来るかも分からない状況。民達は預言の事を馬鹿にしているが、預言者ファルシアの実力を知っている国王は彼らと同じように笑い飛ばす訳にはいかなかったのだ。

「勇者は見つからず、今度は街で魔物が大暴れか……ふん、本当に魔族とは忌々しい存在よの」

結局山の調査を行わせた兵士長ジークも勇者を見つける事は出来ず、国王の期待は裏切られた。もっとも期待していたわけではなかったし、あの時は兵士長が職務を怠っている事に腹を立てて命令していただけだった。その分落胆は少なく済んだが、それでも肩を落とさずにはいられなかった。

（唯一の救いは厄介だった勇者教団を捕まえられた事か……まぁアレはただの下っ端共だが）

それでも悪い話ばかりという訳ではない。街で度々問題を起こしていた勇者教団を兵士長ジークが見事捕まえたのだ。ジークの話では山の村に居る男が大分貢献していたらしいが、国王からすれば捕まえさえすれば誰が手柄を立てようがどうでも良かった。

とにかくこれで一つの悩みは減った。だが後の残った悩みは未だに大きい。八年前から預言されている勇者を未だ発見する事が出来ず、魔王の力も大きくなっているという。

更にここに来て、ある魔物に街を襲撃されるというのだからたまったものではない。最初国王はこの報せを聞いた時、いよいよ魔族が攻めて来たのではないかと恐怖して死人のような表情をする程だった。

(だが何故魔物はたった一匹で攻めて来た？　ただ暴れ回っているだけなのか？　それにしては複数の街を襲っているのも何か妙だが……)

国王は自身の髭を弄りながらふとそう考える。

今回の事件は魔物が襲撃してきたというよくある騒ぎだと思っていたが、よくよく考えればこの魔物の行動は少しおかしい所がある。

まず今回の魔物は街の襲い方が少々普通とは違っていた。普通の魔物なら大抵暴れ回るだけで、建物が破壊されたり酷い時は死人が出る。だがこの魔物はどういう訳か無駄な被害は出そうとはせず、討伐しに来た冒険者達だけを一掃すると立ち去ってしまったという。そしてまた次の街を襲い、それを繰り返しているらしい。

やはり何かがおかしい。だが国王は悩んでもその問いの答えを出す事が出来なかった。

「ギルドマスターの話では近日討伐作戦を開始するようです」

「そうか……魔物の事は冒険者共に任せるとしよう。念の為兵も出しておけ。大規模な作戦の場合は監視をしておかなくてはならん」

国王が考えている途中で預言者が言葉を述べた。それを聞いて国王も静かに頷き、指示を出す。

いずれにせよ討伐してしまえば問題は解決だ。国王は悩んでも答えが出ない問いにそう解決案を出し、魔物の問題の事はすぐに忘れてしまった。その問題がどれだけ重要な事なのかを知らないまま。


冒険者ギルドの施設はざわついていた。しかしその騒ぎようは普段の賑やかな感じとは違い、どこか焦りを感じているようだった。不安の声を上げながら先程上がった報告について話し合い、皆が暗い表情を浮かべる。

「おい、討伐作戦が失敗に終わったって本当か？」

「らしいぜ。ベテランの冒険者十人で掛かっても倒せなかった魔物なんだろ？　こりゃかなり不味い事態になるぜ」

冒険者達が不安げに話している事、それは先日行われた討伐作戦の失敗であった。

ギルドは最近街を襲撃した魔物を討伐する為、包囲網を張った大きな作戦を実行する事にした。大勢のベテラン冒険者を導入して一気に魔物の掃討に掛かったのだ。だが結果は失敗。その報告を聞いたギルドに居た冒険者達は皆驚愕の表情を浮かべた。

「……面倒な事になったわね」

このままでは魔物が野放しとなり、また街が襲撃されてしまう。そんな不安に襲われている冒険者達をよそに、隅の椅子に座っている女冒険者ナターシャは自身の真っ赤な髪を掻きながら静かにそう呟いた。その横には仲間の男冒険者も立っており、腕を組みながら冒険者達が騒いでいる様子を眺めていた。

「ギルドマスターもまさかこんな事になるとは思わなかっただろうな。たかが魔物一匹にここまで追い込まれるとは……」

「そうね……でも仕方ないわ」

男は首を左右に振りながらそう言い、ナターシャもため息を吐きながらそれに同意した。

気怠《けだる》そうに肩を落とし、騒いでいる冒険者達の事を見ながら言葉を続ける。

「相手があの〈ベヒーモス〉だなんて……誰も思わないでしょ」

ナターシャも暗い表情を浮かべ、額に手を当てながらそう呟いた。男も目を瞑って小さくため息を吐き、肩を落とす。

ベヒーモス。本来なら暗黒大陸に生息している凶悪な上級魔物。二本の長い角を生やした四足歩行型の魔物で、その筋肉は黒々と膨張し、まるで全てを破壊しつくすように暴れ回る。

そんな凶悪な魔物がまさかの人間の大陸にやって来てしまったのだ。

「何で暗黒大陸に生息してるはずの魔物が人間の大陸なんかに居るんだ？」

「それは考えたって分からないわ。今はとにかく、ベヒーモスの討伐を第一優先に考えないと……」

「って言ったってどうやって対処するつもりだ？　冒険者が十人掛かりで倒せなかった化け物だぞ。俺達じゃどうする事も出来ねぇよ」

ナターシャはベヒーモスを何とかしなければと訴えるが、男は手を上げて降参のポーズを取りながらそう諭した。

それでもナターシャは何か反論しようとしたが、彼の言っている事にも一理ある為、そのまま押し黙ってしまった。彼女は悔しそうに顔を俯かせ、テーブルの上に爪を立てる。

（こんな時、アレンさんが居てくれれば……）

暗い表情を浮かべながらナターシャはついついそんな事を思ってしまった。

〈万能の冒険者〉アレン・ホルダー。彼の能力があれば今回の魔物相手でも上手く作戦を立案してくれただろう。豊富な経験と様々な戦略でベヒーモス相手でも討伐する手段を見出し、必ず冒険者達を勝利に導いてくれたはずだ。だが、そんな頼りになるアレンは今は居ない。ナターシャは唇を噛みしめ、顔を上げた。すると丁度男と目が合った。

「ベヒーモスはワイバーンと肩を並べる程の化け物だ。今のギルドの戦力じゃ敵わん」

「そうね……このままじゃこの地域の全部の街が襲撃されるでしょうね」

男の言葉にナターシャも頷き、最悪の未来を想像した。

このままベヒーモスの進行を止める事が出来なければ、奴は全ての街を襲撃するだろう。暴れ回る魔物を誰も止める事は出来ないのだ。

ふいにナターシャは天井を見上げ、弱々しい表情をしながら言葉を零した。

「誰かが……奴を止めないと……」

その誰かとは誰なのか？　ナターシャが出した問いに答えてくれる人など居らず、男も困ったように頭を掻いた。

ギルドは未だにざわついている。不安と戸惑いが広がり続けた。


「父さん見て見て！　綺麗なお花ー！」

「そうだなリーシャ。でもあまり走るとまた転ぶぞ」

天気の良いある日、アレンはリーシャとルナの三人で家の周りを散歩していた。

いつもなら森の中に入って色々な場所を回ったりするのだが、今はよそ者の魔物がこの地域に居るらしいので、念の為という事で村の外に出る事は禁止されていた。故にリーシャはいささか不満そうだが、相も変わらず楽しそうに笑みを浮かべながら走り回っていた。後ろではルナがクロと一緒に並んで歩いている。時折クロはどこか遠くを見るように顔を動かしていたが、その度にルナがクロの首を撫でていた。

「お父さん。服に埃《ほこり》が付いてるよ」

「ん？　ああ、ありがとうルナ」

ふとルナがそう言ってアレンの服に付いていた埃を払う。アレンはお礼を言ってルナの頭を撫でてやった。すると彼女は少し照れたように頬を赤くしながら微笑んだ。

外では魔物が出たとかで大騒ぎしているが、この村はいつもと変わらず平和が続いている。魔物除けも魔物用の柵を十分に設置した為、村に魔物が迷い込んでくる事も殆どなくなった。それでもアレンは一応腰に剣を携えながら散歩をしていた。これぱかりは冒険者の頃の癖で警戒してしまう。

（このまま平和が続いてくれると良いんだがな……）

走り回っているリーシャと隣に居るルナを見ながらアレンはついそんな事を考えてしまう。

リーシャとルナは自分にはもったいないくらい出来た子供だ。だからこそ二人には幸せになって欲しい。彼女達はこの村の生活だけで満足しているが、いずれ外の世界を知ればもっと羽ばたきたいと思うはずだ。その時は背中を押してやれるよう頑張らなければ。とアレンは先の事を考えた。親馬鹿な考えかも知れないがアレンはそれくらい二人の才能を認めているのだ。

「おーい、アレン」

そんな事を思っているとアレンを呼ぶ声が後ろから聞こえて来た。振り返ると遠くの方で手を振っているダンの姿があった。

「村長がお呼びだってよー」

「またか……魔物対策の事ならこの前話したばかりだってのに」

ダンの言葉を聞いて頭を掻きながらやれやれとアレンはそう呟く。

最近村長のお呼び出しは増えており、その度に魔物対策の事で相談されているのだ。村長も村の事が心配なのは分かるが、毎日呼び出しが続けば流石にアレンも疲れてくる。だが村長の気持ちも分かる為、アレンはその呼び出しにも毎回応じていた。

「悪いがリーシャ、ルナ。俺は村長の所に行って来る」

「えー、父さんまた村長の所行っちゃうのー?」

「仕方ないよリーシャ……我慢しよ」

二人に悪いと謝りながらアレンはそう言う。

ルナは物分かりが良い為快くそれに応じてくれたが、リーシャはもっとアレンと散歩がしたかったと頬を膨らませながら不満を述べた。アレンはそんなリーシャの頭を撫でた後、ダンの方へと歩き出す。

「それとリーシャ。森の方には絶対に入っちゃ駄目だからな」

「はーい。分かってるってー」

去り際にアレンはそう注意し、リーシャも手を振りながら元気良く答えた。

あまりにも綺麗な返事なのでアレンは思わず本当に分かっているのかと勘繰ってしまう。何故なら彼女の腰には護身用の剣がぶら下がっているからだ。ただの散歩なのに何故剣なんか持ち歩く必要があるのか？

アレンは苦笑いしながらダンと共に村長の所へ向かう事にした。

「…………」

「……入っちゃ駄目だからね？　リーシャ」

「分かってるよ。何でルナも父さんも私の事ばかり注意するの？」

アレンが去った後、残されたリーシャとルナはしばらく黙っていたがふいにルナが注意した。何で自分ばかり注意されるのかと不満そうにリーシャは目を細め、そう反論した。

「だって……リーシャいっつもお父さんに黙って森の中に入るじゃん」

「あ、あれは……そのー……武者修行みたいな？」

「それが駄目なんだって」

理由になっていない反論にルナが小さくため息を吐いた。

リーシャはしょっちゅう一人で森の中に入って行く。その度にアレンは注意しているのだが、リーシャはちっとも反省せず森の中に入って魔物と戦っているのだ。もちろん勇者であるリーシャは森の魔物に遅れを取るなんて事はあり得ないのだが、それでも家族として心配なのがルナの本音だった。

「お願いだから無理だけはしないでね」

「大丈夫だって。ルナ達を心配させるような危ない事はしないから」

だったら一人で森の中に入るのもやめて欲しいのだが、と心の中で呟きながらルナはそっと困ったような笑みを零した。リーシャの明るい雰囲気の傍に居るとついつい甘やかしてしまう。怒る事の出来ない自分をルナは反省した。

それから二人はクロと共にその周辺を散歩していた。と言っても村の中なので大した広さがある訳でもなく、いつも見慣れている景色の為そこまで楽しい訳ではない。リーシャは暇そうに欠伸《あくび》をした。

「はぁ〜。早く噂の魔物居なくなってくれないかな〜。そうすればまた父さんと森の中で散歩出来るのに……」

「私も……皆とお話ししたいな」

リーシャの呟いた言葉にルナもクロの事を撫でながら同意した。

ルナの言う皆とは友達の魔物の事だ。村の周りが厳重に防御壁なので囲まれている為、ルナは友達の魔物と会うのにも難しい状況になっている。その為ここ最近は友達と話し合う回数が減って来ており、いつも近くに居るクロくらいしか話せる相手が居ないのだ。その事にルナは寂しそうな表情を浮かべていた。

「ワフワフ！」

すると突然クロが柵の向こう側に吠え始めた。鬱蒼《うっそう》と生えている木々の先は森へと繋がっている。何故その方向にクロが吠えているのかルナが疑問に思っていると、突然クロが駆け出し、柵を飛び越えて木々の隙間を通り抜けて行った。

「クロ……!?　どこ行くの!?」

「あっ……ちょ！　ルナ！」

森の中に入ってはいけないと言ったばかりにもかかわらずルナはクロを追い掛ける為に

柵を飛び越え、木々の隙間の中へと入って行った。リーシャも慌ててその後を追う。

厳重に設置されている魔物用の柵を小柄な子供の体格を活かしてすり抜け、どんどん奥へと進んで行く。森の中は静かで、動物や魔物の気配も全くしなかった。その事にリーシャは違和感を覚える。

「私には駄目って言ったくせに、ルナだって森の中入ってるじゃん」

「こ、これは……クロが悪いんだよ。突然走り出すから……」

リーシャに注意していたのにもかかわらずルナは森の中に入った。その事を指摘されてルナは複雑そうな表情を浮かべる。そして問題のクロの姿を探していると、開けた場所でクロが吠えているのを見つけた。するとそこには大型の虎型の魔物が寝転がっているのにルナは気が付いた。

「トラっ!?」

それはルナの友達の魔物であるトラだった。

どうやら怪我をしているようで背中に大きな傷が出来ていた。クロはトラの気配に気が付いてここまでやって来たのだ。ルナは慌ててトラの元に駆け寄り、治癒魔法を唱えた。

「どうしたのその怪我？　一体何が……」

「グルル……」

淡い光に包まれ、トラの怪我は少しずつ治って行く。だが大分深い傷だ。すぐに動く事は無理だろう。

トラは森の中でもかなりの戦闘力を誇る魔物であり、滅多に怪我を負う事はない。そのトラがこれ程の怪我を負うのだから、相当な実力の高い敵と出会ったのだろう。それもこの傷跡から見て同じ魔物と。ルナはそう推測し、何か嫌な予感を覚えた。

「この傷跡……魔物の仕業だね」

「……って言う事はまさか……」

「ワンワン!」

リーシャとルナが喋っていると突然クロが大きく吠え始めた。ハッとなって二人は後ろを振り返る。するとそこにはトラと同じ四足歩行型の魔物、しかしその大きさはトラの倍はあり、黒々とした筋肉で覆われ、長く鋭い二本の角を生やした怪物が木々を押し倒しながら現れた。

「グルゥゥウウウウ……!」

低く重々しい唸り声を上げながらその魔物はリーシャ達の事を睨みつける。瞳は赤い。血で染まっているかのように真っ赤だった。そんな怪物を見てもクロは勇敢に吠えており、トラも怪我をしていながらも威嚇の吠え声を上げた。

リーシャは感じ取る。今まで自分が戦って来た魔物達とは違う圧倒的なプレッシャーを。山の中で戦って来た魔物とは段違いの、その魔物の実力に初めて恐れを感じた。

ルナも同様。その魔物の姿を見て硬直した。本で読んだ事がある。暗黒大陸にしか生息しない凶悪な魔物。ワイバーンと肩を並べる程の実力を持つ怪物。

「ベヒーモス……まさか、こいつが噂の魔物？」

その怪物は本来見かけたら逃げ出すべき存在のはずだった。いくら勇者のリーシャと魔王のルナでも、子供の二人なら初めて見たその怪物に恐れて逃げ出すはずである。だが、今回のルナは違った。ベヒーモスの牙を見て、自分の友達であるアカメとトラを傷つけたのはこの怪物なのだと理解すると、おもむろに立ち上がって自身の黒髪を揺らした。

「ルナ……？」

「よくも……アカメとトラを……」

ルナは自分でも驚くくらい低い声で呟いた。瞳は真っ黒に染まり、表情が消えた事から人形のような容姿がただでさえ不気味に映る。そのいつもと違う様子にリーシャは思わず声を掛けたが、ルナは返事をせずフラリと手を上げた。

「ちょ……待ってルナ！　落ち着いて!!」

何かやばい気がする。勇者としての本能でリーシャはそう感じ取り、ルナに制止の声を上げた。ルナの肩を掴み、必死に呼びかける。しかしルナの瞳は真っ黒に染まったままだった。

「許さないッ!!」

ルナがそう呟いた瞬間。ルナの手の先から大量の影が放出された。視界を真っ黒に染める程の大量の影。リーシャも思わず後ろによろける程の勢い。気づいた時にはリーシャの視界には石ころのように吹き飛ぶベヒーモスの姿があった。

辺りの木々をなぎ倒しながらベヒーモスが転がって行く。

本来その重量からベヒーモスが宙を舞い、これ程までに吹き飛ばされる事など誰も想像しないだろう。だが現に今それが起っている。それを行ったのがまだ幼い黒髪の少女ルナだという事が、最も恐ろしい点だ。

「はぁ……はぁ……」

「ルナ、落ち着いて……!」

「……!……リーシャ」

飛んで行ったベヒーモスを見ながらルナは額から汗を一筋の汗を垂らす。

最大出力の攻撃魔法をいきなり行ったのだ。まだ身体の出来上がっていないルナからすればその衝撃と疲労感は凄まじいものである。そのおかげでか、ようやくリーシャの声が耳に届き、ルナはパチリと目を見開いてリーシャの事を見た。

「グルル……ルゥァアアアアアア!!」

一方でようやく衝撃が止み、地面から起き上がったベヒーモスは怒りの頂点に達していた。醜い顔を更に歪めながら咆哮を上げ、リーシャ達の方に視線を向けている。

リーシャとルナは警戒する。背後ではトラとクロが後ろの方に避難していた。

そして次の瞬間、ベヒーモスが雄たけびを上げると二人に向かって突進して来た。あれだけの巨体がぶつかってくればひとたまりもない。リーシャは跳躍して避け、ルナは横に転がりながらそれを回避した。

「ルゥァアアアアッ!!」

ベヒーモスの突進は近くの岩へと直撃した。二本の角が突き刺さり、一瞬ベヒーモスの動きが止まる。しかし雄たけびを上げたまま脚を突き出し、そのまま岩を粉々に粉砕すると後ろの木々までなぎ倒した。そこでようやくベヒーモスの脚が止まる。ベヒーモスがブルルと鼻を鳴らしながら頭を揺らした。

「ッ……凄い破壊力」

「あれに当たったら即死だね……」

「ルナの魔法を喰らってもピンピンしてるし、相当手強いね……」

ベヒーモスの反対側に回りながらリーシャとルナはそう言って警戒する。リーシャも腰から剣を引き抜き、構えを取った。果たしてこの護身用の剣であの硬そうな皮膚を切る事が出来るか？　リーシャは表情を曇らせた。

ルナの攻撃魔法を喰らっても勢いが止まるどころか突進して来る闘争心。魔王であるルナに対しても全く容赦のない事から忠誠心のない魔物なのであろう。そうリーシャは判断し、どう攻略すべきかを考えた。

「どうする？　あれが噂の魔物っぽいけど」

「あいつはアカメとトラを傷つけた……許せない」

「じゃぁやる事は決まってるね」

このベヒーモスこそが今噂されている凶悪な魔物で間違いないだろう。アカメを襲った傷とトラの傷も一致する。

目的が何なのかは分からないが、幾つもの街を襲い、大勢の冒険者が相手でも倒せなかった程の魔物。いくら勇者のリーシャと魔王のルナでも、子供の二人では敵わないかも知れない。だが二人は一切恐れる素振りを見せず、一歩前に踏み出した。

「「一緒に倒そう！」」

二人がそう言うと共にリーシャは駆け出し、ルナは魔法の詠唱を始めた。

一方でベヒーモスの方も雄たけびを上げ、向かって来るリーシャの事を睨みつける。そして大きく顔を上げると、その長い角をリーシャに勢いよく振り下ろして来た。

「――――ふっ！」

「グルァァァアアアッ‼」

振り下ろされた角を素早く回避し、リーシャはベヒーモスの顔を横切って腕を斬り払う。しかし手応えは鈍い。手に重い衝撃が伝わってくるだけで、ベヒーモスの筋肉質な腕には少しの切り傷も付かなかった。

（くっ……こいつの筋肉硬すぎ。今の一撃だけで刃こぼれしたし……）

反撃される前にすぐにその場から離脱し、近くにあった岩場に飛び乗りながらリーシャは剣を確認する。たった一撃入れただけで目に見える程の刃こぼれが出来てしまった。それだけベヒーモスの筋肉が強靭という事である。リーシャは忌々しそうに舌打ちした。

「影よ、闇よ、魔よ、贄を喰らいつくせ……！」

ルナも魔法の詠唱を終え、手の先から巨大な影を出現させる。その影は蛇のようにうねりながらベヒーモスを飲み込んだが、ベヒーモスは雄たけびを上げてその影を打ち払った。

「グルァァアアアッ‼」

（強力な魔法耐性が付いている……おまけに相当タフみたい）

二度もルナの闇魔法を受けながらもベヒーモスは全く怯んだ様子を見せない。それを見てルナはベヒーモスが魔法耐性がある事を見抜いた。恐らく暗黒大陸で何度も魔法を使える魔物と戦って来たのだろう。それで耐性が出来たのだ。それもルナの強力な闇魔法に耐えられるくらいの頑丈な耐性を。

ルナはそう予測を立て、額から垂れた汗を拭った。

「グォォァアアアアアアッ!!」

突如ベヒーモスが雄たけびを上げた。地響きが起こる程のとてつもない咆哮。リーシャとルナも思わず動きを止める。次の瞬間、ベヒーモスは角を地面に打ち付け、地面を抉《えぐ》るとその巨大な破片を二人に向かって吹き飛ばした。

「……ッ!」

「……あっぶな!」

飛んでくる地面の破片をリーシャとルナは慌てて回避する。地面に巨大な抉れが出来る程のベヒーモスの乱暴過ぎる攻撃。その地面の破片は辺りの木々にぶつかり、容赦なく森を破壊して行った。

このままではここら一帯が破壊しつくされる。そう推測したリーシャはベヒーモスにこれ以上好き勝手にやらせない為にも作戦を立てる事にした。

「よし！　ルナ、あれやろう！　協力して戦おうって言ってたやつ！」

「ええ⁉　あれやるの⁉　まだ練習もした事ないのに……」

「良いから行くよ！　何事もぶっつけ本番！」

「えぇぇ……」

ルナの肩を叩きながらリーシャはそう言うと剣を握り締めて駆けだした。ルナは困ったような表情を浮かべるが、やるしかないと割り切り、手の平に魔力を集中させた。

リーシャが言った作戦。それは以前リーシャとルナが一緒に協力して戦おうと相談し合い、話の中だけで作られた戦い方であった。

当然また実戦で試した事がない為、それが本当に上手くいくかは分からない。ましてや勇者と魔王が協力して戦う。そんな事が本当に可能なのか本人達ですら分かっていなかった。

だが、リーシャの黄金の瞳には迷いはなかった。彼女は隼のごとく駆け抜け、ベヒーモスの眼前へと迫る。ベヒーモスも迎え撃とうとするが、そこをルナの闇魔法の影が飛び出し、ベヒーモスの四肢を拘束した。

「グルル……ッ⁉」

「ナイス！　ルナ！」

跳躍しながらルナにウィンクし、リーシャはベヒーモスの顔に剣を振り下ろす。しかし鈍い音と共に剣は折れ、剣先が地面へと突き刺さった。

「げっ……やっぱこいつの皮膚硬すぎ……！」

折れた剣を見てリーシャは表情を青くする。そしてベヒーモスも雄たけびを上げて腕を振るうと影の拘束を解き、目の前に居るリーシャを睨みつけると腕を大きく振り上げた。

「ルナ！　付加魔法!!」

「ッ……付加魔法、闇属性!!」

すぐさまリーシャは剣を後ろに向けるとルナに指示を出す。ルナも言われる前に既に詠唱を終えており、リーシャの折れた剣が影に覆われた。尾を引くように折れた部分から影の剣が出来上がり、リーシャをそれをベヒーモスへと叩きつける。

「はあああああああああああッ!!」

「グゴッ……ゴガァァアアアアアッ!?」

闇の粒子と共に影がベヒーモスの身体に突き刺さる。ベヒーモスは振り上げていた腕を止め、悲鳴のような咆哮を上げながら身体を小刻みに震わせた。そのままリーシャは影の剣を奥深くへと突き刺し、ベヒーモスの咆哮が鳴り止むとゆっくりと剣を引き抜いた。

付加魔法で掛けていた影が消え、ベヒーモスもその場に崩れ落ちた。それを見てリーシャは大きく息を吐き出し、疲れたようにその場に膝を付いた。剣を杖代わりにし、体重を掛けながら肩を落とす。

「……ふぅ……」

「リーシャ……」

「キツ過ぎ……ていうかこいつ強過ぎ……」

歩み寄ってくるルナに心配させないように笑みを浮かべながらリーシャはそう答える。

沈黙しているベヒーモスを見て、何とか倒す事が出来たがとてつもない疲労感に襲われながら呼吸を整えた。ルナの方も魔力消費の多い闇魔法を何度も使った為、額からは汗が垂れていた。

「何とか倒す事ができたね……」

「そうだね……今まで戦って来た中で一番強かったよこいつ」

その感覚は間違っていない。何故なら二人が今しがた戦ったベヒーモスはとてつもなく凶悪な魔物なのだから。

(本来なら暗黒大陸に生息しているはずのベヒーモス……何でこの子は人間の大陸に？それもこんな辺境の地域まで……？)

ベヒーモスの死体を見ながらルナは何故ベヒーモスがこの山までやって来たのかを考察

した。

暗黒大陸に生息している魔物は滅多な事がない限り人間の大陸にはやってこない。そもそも生態系が全く違う場所によそ者が入り込もうとする事すら珍しい事だ。このベヒーモスには何か目的があったのでは？　とルナは思わずそう勘繰ってしまう。

「いやー、それにしてもあれだね。ルナって怒らすと怖いんだね」

「え……？」

「だって、アカメとトラが傷つけられたって怒って、ベヒーモスの事を魔法で吹き飛ばしたじゃん。あんな怖い顔したルナは初めてだよ」

「あれは……その……」

リーシャに最初の時の事を指摘され、ルナは困ったような表情を浮かべる。

あの時は怒りで頭が真っ白になり、ただ目の前に居る敵を排除する事だけを考えた。あの時の自分はまるで、本当に魔王のようだった……ルナはそう感じて胸のどこかに痛みが走るのを感じた。自分が自分ではなくなる、そんな感覚をあの時感じたのだ。

そんな不安に思っているルナの肩をぽんと叩き、リーシャは優しい笑みを浮かべた。

「かっこよかったよ。ルナ。流石私の妹だね」

「……！　ありがと、リーシャ……」

お互いの関係が分かっていながらもリーシャはルナの事を妹として褒め、頭を撫でた。その撫で方は何だかアレンと似ており、ルナは照れるように顔を俯かせてお礼を言った。リーシャと一緒に居るとほっとする。勇者のリーシャと一緒に居ると、自分が魔王である事を忘れる事が出来るのだ。ルナは包帯で巻かれている手の甲をそっと撫でながらそう心の中で思った。

「にしてもやばいなー。剣ぽっきり折れちゃったよ……これ絶対父さんに怒られるね」

「そうだね……まぁ仕方ないよ」

「うぅ……父さんに怒られるのはちょっと嫌だな」

リーシャは折れた剣を見下ろしながらそう呟く。その表情はとても暗く、まるでこれで世界の滅亡だとでも言わんばかりの形相だった。ルナは苦笑しながら同意し、仕方がないと諦めるように諭した。リーシャはため息を吐いて肩を落とす。

「一応ベヒーモスの死体はトラ達に山の下まで運んでもらおう」

「ん、そうだね。私達の事がバレたら面倒だしね」

ルナの提案にリーシャも賛成し、折れた剣を鞘に戻す。

今世間で騒がれている魔物がこんな辺境の山で死体として見つかれば、傷跡なので何者かが討伐したのだと思われるだろう。ならばせめて場所を移動し、特定されないようにするしかない。

「この事はお父さんに言う?」

「んー……心配させたくないし秘密にしとこ。それに剣も壊しちゃったのに、これ以上こっそり森の中に入ってたってバレて怒られたくない」

「あはは、それもそうだね」

隠れているトラとクロの所に移動しながらルナはふと尋ねる。

世間で騒がれている魔物を討伐したのだから、一応アレンにも報告した方が良いのではないかと考えたルナだが、リーシャはこれ以上怒られるのが怖いらしく、口元に人差し指を当てながらそう答えた。

それからルナはトラ達にベヒーモスの死体を山のふもとまで運んでもらうようお願いし、トラ達も問題児だったよそ者が消えた事で喜びながらそれを承諾すると話を切り上げた。

「さてと、それじゃ村に戻ろっか」

「うん。お父さんが帰ってくる前に家に戻ろ」

リーシャがそう言うとルナもコクリと頷いて答え、二人は並んで歩きながら村に戻った。

幸いアレンはまだ村長の家に居るようで、二人はそれを知ると悪戯《いたずら》が成功した子供のようにニコリと微笑み合った。

討伐作戦が失敗に終わったベヒーモスが死体となって見つかった。その報せは瞬く間に街に広がった。街の人達はこの報せを聞いてようやく平穏が戻ると安堵した。ベヒーモスに手こずっていた冒険者達も歓喜の声を上げた。これで全て元通りになる。そう思っていた。

だが一つ妙な点があった。それは誰がベヒーモスを討伐したのか？　という点であった。ベヒーモスには切り傷があり、強力な魔法を浴びた痕跡も残ってた。この時点でベヒーモスを倒した者は腕利きの剣士と魔術師である事が分かる。

だが誰も名乗り出ないのだ。ベヒーモスを倒した事は何よりの功績だというのに、それを主張する者が一人も居なかった。

「何者かがベヒーモスを倒した……でも誰も名乗り出ない……一体どうして？」

ギルドのカウンターの椅子に腰かけながらナターシャはそう疑問を口にする。

今ギルドの中はベヒーモスが討伐されたという事で冒険者達が賑わっていた。ようやく悩みの種から解消されたと喜んでいるのだ。だが中にはナターシャのようにベヒーモスが討伐された事に疑問を思っている者も居る。ナターシャは小さくため息を吐き、カウンターに肘を付いた。

「おいおいナターシャ、せっかく悩みの種がなくなったってのに何お堅い顔してやがんだ？」

「……はぁ、貴方達は気楽で良いわね」

いつもの仲間の男が酒を持ちながらナターシャに絡んでくる。そんな酔ってる男をナターシャはため息交じりに見る。問題が解決したからそれで終わりと考える彼らの単純な思考に彼女は苦笑いした。

「あのベヒーモスを何者かが倒したのよ？　それも痕跡からして少人数で。にもかかわらず誰も名乗りをあげない。これっておかしいと思わない？」

「そりゃぁ確かに変だけどよぉ……ひょっとしたら通りすがりの冒険者が倒したとかそんなんだろ？　気にしたって仕方ねぇよ」

ナターシャの問いかけに対して男は大して気にした様子も見せず、酒の入ったグラスを揺らしながらそう答えた。彼らからすれば厄介だった魔物を倒してくれたなら誰でも良く、喜びの方を優先したいのだ。

だがナターシャはそんな単純には考えられなかった。少人数とは言えベヒーモスを討伐出来る程の実力を持つ者はそうそう居ない。

（ベヒーモスを倒せる程の実力となると冒険者の中でも上級者……魔術師でも大魔術師レ

ベル……そんな人間があの辺境の土地に？）

ベヒーモスの死体が発見されたのは辺境の土地にある平原だった。辺りに戦闘を行った形跡がないのが少し妙ではあるが、あの地域で戦闘が行われたのは間違いない。となるとあんな辺境の土地にベヒーモスを倒せる程の実力者が居たという事になるのだが、そこがどうしてもナターシャは納得出来なかった。

「どうせあれじゃねぇのか？　また大魔術師のあの女が道草途中にベヒーモスを倒したとかなんじゃねぇの？」

ふと男が酒を飲みながらそう答えた。

大魔術師とは魔術師協会に所属している人間が大きな功績を残す事によって与えられる地位で、この王都にも大魔術師の称号を持つ者は数人しか居ない。

「それだったら傷跡に切り傷があるのがおかしい……もしかしたら誰かと協力して倒すって事もあるかも知れないけど……ベヒーモスの皮膚に残っていた魔法の痕跡は彼女の物じゃなかったわ」

男の自信ありげな発言をナターシャは冷たく一蹴する。

ベヒーモスの傷跡には切り傷があった。あれは明らかに剣で切り裂いた傷だ。例外もあるが魔術師は基本剣は使わない。協力して戦った可能性もあるが、男が言うあの大魔術師は誰かとパーティーを組むような事はしない。

（そう言えば、あの人もアレンさんの教え子だったわね）

ふとナターシャは口元に指を当てながら思い出したようにそう心の中で呟く。

アレンの教え子は多い。八年前にギルドに所属していた若い冒険者は殆どがアレンの教え子だ。その中の最後の一人。今では大魔術師の称号を授かる程に成長した彼女の事をナターシャは思い出す。

（まだ探し続けてるのかな……アレンさんの事）

かの大魔術師も自身に魔法を教えてくれたアレンの事を尊敬していた。そしてアレンが冒険者を辞めた真実を知った時、いち早くアレンを連れ戻そうと街を飛び出したのだ。そして彼女は今も師であるアレンの事を探し続けている。

ナターシャはそこまでの根性がない自分の事を恥ずかしく思いながら、大きくため息を吐きカウンターに顔を伏せた。

「ぬぁ〜〜……暇ぁ〜〜」

「もうリーシャ……床でゴロゴロしないで」

外は天気が良く、窓からは眩い日差しが差し込んでいる。絶好の散歩日和。だがそんな日にもかかわらず普段活発なリーシャは家の中に居た。

リビングでルナは椅子に座りながら本を読んでおり、その隣ではリーシャが床をゴロゴロと転がっている。そして不満を訴えるように足を動かしていた。

「父さんお願いー、外で遊ばせて～」

「駄目だ。リーシャは剣も壊したし黙って森にも入った。しばらくは家の中で反省しなさい」

「ぬぐぐ……」

顔を上げてリーシャは父であるアレンに懇願する。すると椅子に座って新聞を読んでいたアレンはリーシャの方を見て厳しい口調でそう言った。リーシャはうめき声を上げてまた足をバタバタと動かす。

現在リーシャとルナはお仕置きとして外出禁止の身だった。

結局あの後リーシャとルナは黙って森の中に入った事がバレて、更にリーシャが剣を折ってしまった事からそれが間違いのないものとなった。

その罰として二人はしばらく外出してはならないとアレンに言われていたのだ。

元々外遊びではなく家の中で本を読んだり魔法の勉強をしたりするのが好きなルナには

大した影響はなかったが、反対にリーシャには効果てきめんだった。ほんの一日外に出なかっただけでもう飽き始め、こうして床で転がりながら不満を訴えるようになったのだ。

「うう～～……外で遊びたい外で遊びたいー！」

「……リーシャ」

何を訴えても救いのない事に絶望し、リーシャは手足をバタバタと動かしながら声を上げた。その様子は実に子供らしいとも言えよう。ルナはこれが勇者の姿かと少し寂しそうな表情を浮かべた。

「はぁ……全く。剣を折るなんて一体どういう使い方をしたんだか……」

不満を垂れているリーシャを無視してアレンは新聞の方に視線を戻す。その際、彼はリーシャがどうやって剣を折ったのか考えてみた。

リーシャに与えた剣はあくまで護身用のそこまで上等ではない剣だ。だがそれでも長持ちするのが売りとして商人から買い取った物である。その剣があんなポッキリと折れるのはおかしい。

リーシャは素振りをしている時に岩に当てて折ってしまったと言っていたが、二人が森に入っていた事から恐らく魔物との戦闘で損傷してしまったのだろう。そこまで考えてアレンはふと新聞に書かれているある文に目を通す。

（街を騒がせていた魔物ベヒーモス……何者かによって倒される。致命傷は大きな切り傷か……まさかな）

村長達が不安に思っていた魔物ベヒーモスが討伐された。それはアレンからしても嬉しい報せではあろう。だがアレンの表情はすぐに喜びには包まれなかった。

最初アレンはベヒーモスを討伐したのは冒険者達だと思っていた。ギルドが立案した討伐作戦が成功したと思ったのだ。だが記事を読み進めるとどうやらそうではないらしく、討伐作戦は失敗に終わり、ベヒーモスは別の誰かによって討伐されたらしい。しかも現場の痕跡からして少人数で。

アレンはチラリと横に居るルナと床に転がっているリーシャの事を見る。

リーシャが剣を折った次の日にベヒーモスの話は広がり始めた。偶然にしては随分とタイミングが良い。だがだからと言って彼はその次の予測は出来なかった。

確かにリーシャとルナも特別な力を持っているが、アレンは二人を子供として見ているのだ。勇者と魔王ではなく、あくまでもちょっと特別な力を持った子供として見ている。故にアレンはもしかしたら二人がベヒーモスを倒したのかも知れないという可能性に辿り着けなかった。

アレンはそこで思考を止め、新聞を畳むとコホンと咳払いをした。

「リーシャ、ちゃんと反省したら新しい剣を買ってやるから。もう床でゴロゴロするのはやめなさい」

「えっ！　本当？　父さん!!」

「ああ、本当だ。ちゃんと反省したらな」

アレンが新しい剣を買ってあげると言うと途端にリーシャは元気になり、床から飛び起きるとアレンに近づきながらそう尋ねて来た。アレンが頷くとリーシャは飛び跳ねながら喜ぶ。その姿にアレンは叱らなくてはならないのに思わず笑みを零してしまった。

「やったー！　やったー！」

「本当に剣が好きだな……リーシャは」

剣を買うと言っただけでこの喜びよう。リーシャは本当に剣が好きなのだ。女の子にしては少し変わった趣味のような気もするが、本人は幸せそうなのでまぁ良いだろう。アレンはそんな気持ちになりながらリーシャの事を見つめていた。そしてふとルナの方に視線を移す。

「ルナにも何か買ってあげるからな。新しい魔法書とか」

「ありがとう……お父さん」

リーシャとは対照的に家の中でずっと大人しく本を読んでいるルナにアレンはそう声を

掛ける。

リーシャにばかり何か買い与えるのもあれなので、ルナにもそう声を掛けておいたのだ。ただし今はお仕置き中のはずなのに、何故か新しい物を買ってあげる話となっている。アレンはすっかり親馬鹿となっていた。

そんなやり取りをしているとアレンはふと昔もこんな事をした気がした。ルナのような才能のある子に魔法書を買ってあげ、その成長を見守っていた記憶。それを思い出して急にアレンは懐かしく思い、背もたれに寄り掛かりながら思い出し始めた。

(そう言えば……昔もあの子にこんな風に魔法書を買ってあげる約束をしたりしたっけか)

随分と昔の事だった為すっかり忘れていた。いつも白いローブを羽織っていたあの女の子。アレンが見て来た魔術師の中でもルナの次に才能のある子であった。結局アレンは冒険者を辞める事になってしまった為、教えも中途半端に終わってしまったのだが。

(今頃あの子は何をしてるんだろうな……)

自分の髭を弄りながらアレンは年寄り臭くそう考える。

才能も実力も十分にある子であった。きっと今頃立派な魔術師となっているだろう。アレンは自分が冒険者を辞めてから八年も経っている事を改めて感じながら新聞を手に取り直した。

「父さん父さん！　次の旅商人はいつ来るの⁉」

するとは剣を買ってもらえる事に喜んでいたリーシャがいつの間にかアレンの横まで移動しており、椅子のひじ掛けを揺らしながらアレンにそう尋ねて来た。

「うーん、どうだろうな。この山を登る商人はそんな多くないし、早くて次の月くらいに来るんじゃないか？」

「え～、そんな先なの～⁉」

やれやれと首を振りながらアレンは新聞を下げ、頰を掻きながら答える。するとリーシャは目をぱちくりとさせ残念そうにそう言った。

だが仕方がない事だ。魔物が住み着いている森を誰が好き好んで入ろうとするだろうか？　そんな商人は大抵気ままに旅をしている変わり者か、何らかの理由でこの山を介して移動しなければいけない人間だ。だからこの村にはあまり人が訪れない。

「仕方ないよリーシャ。我慢しよ？」

「う～……分かった……それまでこの木剣で我慢する」

ルナにそう諭されてリーシャは不満そうに頰を膨らませていたが、やがて空気が抜けたようにそう諦めるといつの間に用意していたのか特訓用の木剣を用意しており、それを振り回して遊び始めた。

（結局素振りになるのか……これじゃあまり外出禁止にしてる意味がない気が……）

その様子を見ながらアレンは複雑そうな表情を浮かべる。

リーシャ達に出している外出禁止命令はあくまでも二人を反省させる為のものである。ルナは大人しくそれに従っているから良いが、剣を折ったリーシャは反省するどころか木剣を用意して素振りをする程であった。

（まぁ森で魔物と戦うよりはマシかな）

微妙な顔をしていたアレンだが前向きにそう考え、やれやれと小さくため息を吐きながらまた新聞を読み始めた。ルナも椅子に座りながら読書に励み、横ではリーシャが木剣で素振りをしていた。

今日も平和に時間が過ぎていく。アレンはいつまでもこんな日常が続いてくれれば良いなと思った。


旅商人とはその名の通り旅をしながら商いをする人の事だ。

各地を旅するのが目的で商人をする者も居れば、珍しい商品を特定の人物に売る為に旅をする者も居る。いずれにせよ一定の収入を必ずしも得られる訳ではない職業の為、気ままに商いをしている者が多い。

そしてアレン達の村に訪れる商人もまた少し変わった商人であった。

「お久しぶりですアレンさん」

「ああ、一か月振りだな。今回もよく来てくれた」

羽根つき帽子被り、背中に大きな袋を背負いながら人当たりの良さそうな青年はそうお辞儀をする。それを見てアレンもまた律儀にお辞儀をし、挨拶を交わした。

彼は以前にも村に来て商品を売ってくれたお馴染みの旅商人である。少々変わった売り物が多いが、元冒険者のアレンには時には必要と思う物がある為、こうやって村に来てくれた時には家に招いて商品を見させてもらっている。

そして今回は以前約束していた通り、リーシャの新しい剣を買ってあげる予定であった。久しぶりに旅商人が来たという事で横に居るリーシャもウキウキとした表情で旅商人の袋を見つめている。

「また変な商品を持ってきたんだろう？　お前の売り物は変わった物ばかりだからな」

「珍しい商品と言ってください。僕みたいな旅商人だと色んな所を回りますから、珍しい物がよく手に入るんです」

アレンが笑いながらそう言うと旅商人も苦笑しながらそう答えた。そして背負っていた袋を床に下ろし、中の物を漁り始める。アレンも腕を組みながらそれを覗いていた。

「商人さん！　剣！　私剣欲しい！」

「リーシャちゃんも久しぶりだね。随分と大きくなった。それで剣が欲しいのかい？　それなら良いのがあるよ」

隣で待っていたリーシャは我慢出来ずにぴょんぴょんと跳ねながら言った。横で大人しくしていたルナは人見知りな所がある為、アレンの横にぴったりと張り付いている。

旅商人は元気なリーシャを見ながら笑みを浮かべ、袋の中から幾つかの剣を取り出した。

「これとかどうです？　ドワーフが竜の息吹で鍛えた魔剣。手にすれば魔剣に魅了されて自我を失うとか……」

「そんな物騒な物を持ち歩くな。というか絶対に偽物だろう、それ」

この旅商人はよく変わった商品を持ち込む為、アレンもある程度覚悟していた。だがいきなり初っ端から異端過ぎる剣を見せつけられた。鞘に収まっている状態でも剣の柄は棘塗れになっており、明らかに通常の剣の用途からはかけ離れた見た目をしている。アレンは流石にそれは偽物だろうと思ったが、旅商人は綺麗な笑みを浮かべながらそれを袋に戻した。

「じゃぁこっちは？　エルフが使う魔力が籠った剣です。振れば火を操り、払えば風を巻き起こします。使いやすいですよ」

「お前はどうやってそれを手に入れたんだ……」

二番目に出した剣は先程よりも普通の見た目をしていた。しかしエルフの剣らしく、やはり変わった商品であった。

確かに剣からは僅かな魔力を感じ取れる。アレンは相変わらずこの旅商人はよく分からないと額に手を当てて困った表情を浮かべた。

「父さん！　私これ欲しい！　この剣買ってー！」

「駄目だ。こんな危ないもん持たせる訳にはいかない。それにどうせ高いんだろう？」

「まぁ……手に入れるのにそれなりに苦労したので」

リーシャはこの剣を気に入り、アレンの服の袖を引っ張りながらそう強請《ねだ》った。しかしアレンは首を横に振った。

本物かどうかは分からないがエルフの剣だ。値段もそれなりにするだろう。そう思ってアレンが旅商人に尋ねると、旅商人も肯定するように頷き、相変わらず綺麗な笑みを浮かべながらその剣を袋に戻した。

それからもアレン達は幾つかの剣を見せられたが、いずれもやたら偽物っぽかったり、物騒な物ばかりだった為、リーシャに与えられるような剣は一つも見つからなかった。

やがてアレンが困っていると、旅商人が袋から取り出してそのまま放置していた錆《さ》びた剣に気が付いた。鞘に深く収まった見た目は普通の剣。アレンはその剣を手に取った。

「この錆びたやつは何だ？　売り物なのか？」

「ああ、それは……ただのガラクタですよ。つい最近見つけてそのまま袋の中に入れてたんです」

アレンが手に取った錆びた剣を見て旅商人は表情を曇らせながらそう言った。変わった商品を売る事が多い彼でもその剣は売り物にならないと思っているらしく、先程のような売り込みもなかった。

「言い伝えではその剣は特別な力を持つ者しか抜けない剣らしいんですけどね。ほら、引っ張っても抜けないでしょう？　その剣」

「……ああ、本当だ」

一応旅商人はその剣の説明を始めた。言われた通りアレンは思い切り剣を引っ張ったが、鞘から刃が抜かれる事はなく、その錆びた剣や深く鞘に収まったままだった。

「ただこういうガラクタにはよくある話なんですよ。使えなくなった剣に大層な肩書を添えて商人に売りつけるんです。それを真に受けた商人がまた別の人にそれを売って、話が段々と広まっていく。そういう物なんですよ」

旅商人は小さくため息を吐きながらアレンにそう説明をした。

確かにアレンが冒険者をやっていた頃、ある冒険者が使えなくなった剣を曰く付きの剣だと言って商人に高値で売り付けているのを目撃した事があった。日々お金が必要となる冒険者からすればそれも手段の一つなのだ。だからこういう錆びた剣でも伝説の剣などという肩書が付いて流れてくるのだろう。

「父さん！　私にもそれ触らせて！」

「ん？　ああ、良いぞ、ほら」

ふとリーシャがアレンの横で跳ねながらそうお願いして来る。別にただのガラクタだから持たせるのくらい構わないと旅商人も頷き、アレンは錆びた剣を手渡した。子供のリーシャはそれだけで大喜びしてルナの近くで剣を眺めている。

「他に良いのはないのか？」

「そうですねぇ……他にはこれとかが……」

リーシャが楽しんでいる間にアレンは他の剣を選ぼうと旅商人に話しかける。旅商人もまだまだ商品はある為、袋の中を漁り始めた。だがその時、アレンの後ろから剣を引き抜くような音が響いた。

「あれ。抜けたよ父さん」

あっけらかんとそう言うリーシャ。思わず振り返ったアレンもリーシャが錆びた剣を引き抜いた光景を見て目を見開いた。鞘から引き抜かれた剣は水で磨かれたように美しく、錆びた外見からは信じられない程美しい剣だった。

「え……？」

「まぁ……錆びてるだけですし、何かの拍子で抜けるって事もありますけど……」

先程まであれだけ抜けない剣として評されていたのに、リーシャがいとも簡単に抜いたのを見てアレンは驚いた。旅商人も何かを弁護するようにそう言ったが、驚いた表情を浮かべている。

リーシャはじっとその剣を見つめていた。剣の表面には何か文字のような物が描かれていたが、今使われている文字ではない。もっとずっと昔の文字であった。

「父さん！　私これ欲しい！」

「ん、それで良いのか？　まぁ確かに錆びてるが見た目も普通だし、使いやすそうだな」

突然リーシャはアレンにお願いする。そのお願いの仕方は先程の媚びるようなお願いではなく、瞳で熱く訴える本気のお願いであった。

アレンはそんな剣で良いのかと意外そうな表情を浮かべ、まぁリーシャが良いなら良いかと簡単に結論を出して旅商人の方に視線を戻した。

「いくらだ？」

「えーっと……まぁ伝説の剣ですからそれなりの値段は……」

「お前さっきまでガラクタって言ってただろ。タダにしてくれ」

「いやあれ本当は凄い剣なんですよ！　手に入れるのに結構苦労して……」

ガラクタだった物が急に売れるとなると旅商人は突然先程とは正反対の事を言い始め、アレンに剣を高値で買わせようとした。やはりこういう所は商人らしい。だがアレンも冒険者だった頃はたくさんの商人を相手にして来た。交渉手段ならそれなりに経験がある。

それからアレンと旅商人は数分間交渉を続け、通常の剣の値段の半分でようやく決着が付いた。アレンの粘り勝ちだ。最初にガラクタと称してしまった為、旅商人側が不利であった。彼は悔しそうに羽根つき帽子のつばを触った。

「じゃぁ、この値段で……」

「ああ、じゃぁ金だ。リーシャ、それはもうお前の物だぞ」

「わーい！　やった！　ありがとう、父さん！」

売買が行われ、リーシャにその剣はもう自分の物だという事を伝えるとリーシャは心底嬉しそうに飛び跳ねた。ルナもそんな喜んでいるリーシャの事をじっと見つめている。

「ルナ！　庭行こ!!」

「うん……」

するとリーシャはルナの手を掴んで誘い、ルナがそれを承諾すると二人は走って庭へと向かって行った。余程剣を買ってもらったのが嬉しかったのだろう。アレンはそんな二人の様子にほっこりとしながら旅商人の方に顔を戻した。

「元気で良いですねぇ、子供ってのは」

「そうだな……それと、魔法書も何か一つ欲しいんだが」

「ああ、それでしたらこの紅蓮の書とかどうです？　地獄の業火を呼び寄せる事が出来るとか……」

「だからお前はそういうのをどこで手に入れて来てるんだ？」

ルナの魔法書も買ってあげようと思い、アレンは旅商人に魔法書も見せてくれと頼む。すると早速旅商人は袋の中から幾つかの魔法書を取り出し、物騒な見た目をした本をアレンに勧めて来た。アレンは苦笑いを浮かべ、困ったように額に手を当てた。

一方、庭に移動したリーシャとルナは辺りを見渡しながら誰も居ない事を確認し、ルナは一応クロに見張らせながら二人で剣の事を眺めていた。

鞘や柄は錆びて汚いが、刃だけは美しく輝いている。表面に描かれているのは恐らく古代文字であろう。リーシャはそっと剣先を指で撫でた。

「リーシャ、これって……」

「うん、〈聖剣〉だよね」

リーシャとルナは顔を見つめ合いながら確認するようにそう言い合った。そしてお互い同じ考えだったと知り、もう一度剣に視線を戻した。

「あの旅商人の人、前から珍しい物売ってたけど……まさか本当に伝説の剣を売りに来る日が来るなんて」

「まぁ偽物も多かったけど……これだけは本物だったね」

ほぅと口から息を漏らしながらリーシャは呟く。ルナもそれに頷きながら頬を掻いてそう言葉を付け足した。

あの旅商人は本当に変わった商人である。それは勇者と魔王の二人からしてもそう思える程の男だった。

何せ彼は本当に曰く付きの商品を持って来たりする事があったのだ。今回なんかはあのエルフの剣は本物であった。だからリーシャは欲しいと願ったのだ。流石にアレンからは断られたが。

「どうする？　使うのこれ？」

「んー、私は使おうと思う。だってこれ、私が触った時頭の中になんか声みたいなのが聞こえたんだ」

「声……？」

リーシャは一歩前に出て剣を軽く振り始めた。風を切り裂く音が鳴る。錆びた剣はリーシャの手によく馴染んでいた。

そしてリーシャは剣を振りながら片手の指を額に当て、頭の中に声が聞こえたと明かした。ルナはそれを聞いて少し驚いたように胸の前で手を組んだ。

「〈選ばれし者、その手で正しき道を切り開け〉……って声」

リーシャは頭の中で聞こえた声を伝え、勢いよく剣を縦に振った。今までで一番鋭い、風が舞う程の勢い。

やはり聖剣というだけあって素晴らしく洗練された剣である。だが同時にその中に恐ろしい力が隠されている事もリーシャは見抜いていた。

「その言い方だと……この剣もリーシャが勇者だって事分かっているみたいだね」

「そうだね……多分この剣も私の所に来る為にあの旅商人を介してこの村までやって来たんだ」

振り終わった剣を縦に持ちながらリーシャはそう呟く。

聖剣や魔剣には意思のような物が存在する。リーシャもこの剣を手にした時から聖剣に関する情報が自然と頭の中に入って来た。恐らく勇者の力と一緒なのだろう。だからリーシャもこの剣を見た時すぐに聖剣だと気付けたのだ。

「上等だよ。勇者たる者聖剣の一本や二本は持っとかないとね。丁度剣欲しかったとこだし」

顔を上げて明るい表情を浮かべながらリーシャそう言い、剣を振り始める。流れるようなその動きは美しく、子供とは思えない洗練された動きで剣を振るう。そして最後の突きを繰り出すと、リーシャは髪を揺らしながらそっと口を開いた。

「ただし、私は私の家族を守る為にこの剣を使う。それが私の正しい道よ」

聖剣とは本来凶悪な魔物を倒す為に作られた剣である。以前リーシャ達が戦ったベヒーモスのような通常の攻撃が効き辛く、魔法耐性も持っているような魔物を倒す為の。つまりこの聖剣は勇者が本来の務めを果たす為に作られたものなのだ。だがリーシャはその在り方を否定した。すると、聖剣はまるでそのリーシャの主張を受け入れるかのように輝いた。

「フフ、聞き分けが良いじゃん」

「聖剣もリーシャの事が気に入ったみたいだね」

剣先をそっと撫でながらリーシャは笑みを零してそう言う。ルナも満足そうな笑みを浮かべながらそう言った。

「おーい二人共、そろそろ昼飯の時間だぞ」

「「はーい」」

ふと家の方からアレンの声が聞こえてくる。リーシャは剣を鞘に収め直し、ルナもクロに見張っていてくれてありがとうと言って家に戻った。その途中でアレンが本を取り出し、ルナに手渡す。

「ほらルナ、約束してた魔法書だ」

「！　ありがとう、お父さん」

アレンはルナに魔法書を買ってあげる約束をしっかりと覚えており、ルナは新しい魔法書をぎゅっと抱きしめながらそうお礼を言った。

その魔法書は何やら表紙に歪な骸骨の形をした紋章が描かれている本であり、恐らくは禁断魔法に相当する部類の魔法書なのだろうという事が予想された。だがルナは気にせず大好きな父親からのプレゼントという事で相変わらず嬉しそうな表情を浮かべていた。

家の庭からは少し離れた森に近い場所。あまり人気のないその場所でリーシャとルナは立っていた。

リーシャは手に錆を落として綺麗に手入れした聖剣を握っており、真っ白な剣を構えて縦に勢いよく振っている。

「よっ……！　ほっ……！」

よく手に馴染むその聖剣はリーシャの思った通りに動きをしてくれた。重さなど全く感じず、羽のように軽く速く振る事が出来た。

そしてリーシャは一度剣を戻すと、深く構え直し、下から上に向かって大きく振り上げた。その瞬間剣は白く輝き、黄金の斬撃が前に放たれた。

「ふっ！……うん、大体聖剣の使い方は分かったかな」

放たれた黄金の斬撃は一定の所まで飛ぶと消え、地面にはその跡が残った。それを見てリーシャは満足そうに顔を縦に頷かせ、聖剣の平らな部分で肩をトントンと叩いた。

様子を眺めていたルナもリーシャの元に歩み寄り、地面に残った斬撃の跡をほぅとため息を吐きながら見つめていた。

「お疲れ様。凄いね、これが聖剣の力なんだ」

「うん。精霊を操る時と同じ要領で出来るっぽい。その代わり凄くお腹が空くけど」

ルナがそう言うとリーシャも聖剣を縦に持ち直しながら頷く。

聖剣は内に特別な力を秘めている。この聖剣には凝縮されたエネルギーを一気に斬撃として放つというシンプルな力が込められていた。ただし使用すれば使用者の体力かエネルギーが消費されるのか、急激にお腹が空くという制限もあった。それでもこれだけの威力が期待出来るのならば流石聖剣と言ったところだろう。

「ルナの方も父さんに買ってもらった魔法書の調子はどうなの？」

「うん。中々興味深いよ。多分魔族が制作した魔法書だと思う。知らない魔法の事も記述されてた」

剣を地面に付けながらリーシャは尋ねる。するとルナも懐から物騒な見た目をした魔法書を取り出しながら笑みを浮かべて答えた。

「あの旅商人さんも本当に凄いよね。一体どうやって手に入れてるんだろ？」

「さぁー？　聞いても綺麗な笑顔でスルーするだけだからね……まぁ商品の大半は偽物なんだけど」

時折村に来ては珍しい商品を売ってくれる旅商人。彼は一体どうやって聖剣や珍しい魔法書を手に入れているのか？　二人は首を捻りながら考えた。いつも綺麗な笑みを浮かべるだけで質問には全く答えてくれない。もしかしたら意外に凄い人物なのかも知れない。しかし彼の扱う商品は殆どが偽物だったりする為、あまり信憑性もない。実際偶然拾ったと言われた方が納得出来そうな程だ。

「まぁおかげで私も良さげな聖剣が手に入ったし、あの旅商人さんには感謝だね」

いずれにせよ聖剣が手に入った。その事実に喜びながらリーシャは剣を一振りした。綺麗に手入れをして錆一つなくなったその真っ白な剣はまるで芸術のようにその斬撃の軌跡を残す。そしてリーシャは剣を反対に向けると鞘に収めた。

「二人共、何してるんだ？」

「あ、父さん」

すると家の方からアレンが出て来て二人にそう呼びかけた。リーシャはアレンが現れた事に嬉しそうに振り向く。

アレンは探索用の恰好をしていた。腰には剣を携え、手足に簡易的な防具を付けている。

ルナはそれを見て首を捻った。

「お父さんこそ、そんな恰好してどうしたの？」

「ん、ちょっと森の方を見てこようと思ってな。ベヒーモスも居なくなったし異変はないか確認しに……」

「えー！　だったら私も行く！　良いでしょ父さん⁉」

ルナの質問にアレンが答え、森に行くのだと知るとリーシャは途端に飛び跳ねながらそ

う お願いし始めた。よっぽどアレンと一緒に森を散歩したいらしい。アレンからすれば散歩ではなく森に何か異変がないかを確認する重要な作業なのだが、キラキラと瞳を輝かせるリーシャをどうしても拒絶する事が出来なかった。

「う～ん……仕方ないな。ただし走り回らず、俺の傍に居ろよ？」

「はーい！　ルナ、準備しよ！」

「うん……」

アレンがやれやれと首を振りながら答えるとリーシャは大喜びでルナと共に家に戻って支度を始めた。

外着の恰好になってしっかりと剣も装備し、リーシャとルナは早速アレンと共に森へと向かう。魔物用の柵を潜り抜け、少し奥に進むと前とは変わらない森が広がっていた。息を潜めれば動物達の気配もする。遠くを見れば魔物の姿も確認出来る。きちんといつも通りの森だった。

「うん、森も大分元通りになったな。以前は生き物の見る影もなかったのに、よくここまで戻った」

ベヒーモスが現れた影響か以前までは森に生き物の見る影もなかった。そのおかげで村が魔物に襲われないという皮肉もあったが、それでもやはり自然は生き物がたくさん居る方が良い。アレンは今の現状に満足そうに頷いた。

「ルナ見て！　綺麗な模様したトカゲ！」

「リーシャ……それは毒がある魔物のトカゲだよ。噛まれたら指先が痺れるから気を付けてね」

そしてリーシャはと言うと案の定と言うべきか、もうアレンの元から離れて森の中を走り回り、見つけた生き物を指さして楽しんでいる。しかしリーシャが指さす生き物は大抵小型の魔物だったりする為、ルナはひやひやとした様子でリーシャに注意の声を掛けていた。

「ほらリーシャ、そんなに走り回ってると転ぶぞ？」

「大丈夫！　頑張るから！」

「……何を頑張るんだ？」

アレンも注意の声を呼びかけるが、リーシャはよく分からない理論で拳を突き上げながら答えた。その返答にアレンは首を傾げるが、とりあえず元気で何とかするという事だろうと勝手に納得した。というよりもそれ以上気にしない事にした。

「ねぇお父さん、見かけない足跡がある……」

「なに……？」

ふと隣を歩いていたルナが立ち止まり、身を屈めながら地面に手を付いてそう口にした。アレンも立ち止まり、その場所をよく見てみる。するとそこには確かに生き物の足跡があった。

鳥型の魔物の比較的大きな足跡。アレンはその見慣れない足跡の正体を知っていた。

（これは……コカトリスの足跡だな。もうそんな時期だったか）

アレンは足跡からそれが魔物のコカトリスの物だと見抜き、目を細めた。

痕跡の様子からしてこの山に入って来たばかりなのだろう。コカトリスはこの時期になると現れるが、どうやらこの山にも巣を作っている個体が居たようだ。

この山には多くの魔物が生息しているが、コカトリスのような生態系を乱す程凶悪な魔物が住みつくのは不味い。アレンはチラリと自分を装備を見て今の状態でも追っ払えると判断すると、ふとルナの事を見た。

（ルナの奴、よく気付けたな。しかも見かけない足跡だってしっかり分かってた）

足跡を見分けるのは分かり易そうに見えて実際の所はかなり難しい。種族によって形状は明らかに違えど、環境によって足跡の形は変わり、欠けていたり雨で濡れて原型が分からない事がある。そんな多くの足跡が山にはあちこちにあるのだ。そんな物をいちいち覚えておくには長い間その地域に住み、目を慣れさせていくしかない。だがルナは子供だというのにその足跡を見掛けないものだと見抜いたのだ。アレンはルナの意外な才能にちょっと驚いた。

「よし、二人共先に家に戻ってなさい」

「えっ!? 何でー!? 私もっと遊びたい！」

「良いから、言う事聞きなさい」

「うぅ～……はーい」

まだ走り回っているリーシャにそう声を掛け、アレンは家に戻るように言う。リーシャはまだ遊び足らなそうに頬を膨らませていたが、言われたからには言う事を聞くしかなく、渋々顔を頷かせた。

「俺もすぐに戻るから。ルナ、ちゃんとリーシャを見張っといてくれ」

「うん……任せて、お父さん」

リーシャ一人だとこっそり付いて来る可能性もある為、アレンはルナにそうお願いしておいた。聞き分けの良いルナはすぐに頷き、リーシャの事を見る。リーシャはつまらなそうに地面を蹴っていた。

実際の所二人の実力ならコカトリスが相手でも問題はないだろう。日々リーシャと剣の打ち合いをし、ルナの魔法の勉強を教えているアレンはそう確信していた。だがコカトリスの場合だと少々面倒な事があるのだ。

アレンは二人が去ったのを確認すると気を引き締め直して足跡の行方を捜した。

（コカトリスは鳴き声が面倒だからな……早めに追っ払わないと）

出っ張った木の根が多い場所を通りながらアレンは見つけた足跡を辿って先へと進んで行く。

コカトリスには鶏と蛇が合体したような見た目の巨大な魔物であり、戦闘力は高い。おまけに強烈な毒を持っていたりと冒険者を苦しめるような要素をたくさん持っているのだ。中でも面倒なのはコカトリスの鳴き声であった。

コカトリスの鳴き声には聞いた者を痺れさせる効果があり、鳴き声を聞いてしまうとしばらく石のように動けなくなってしまうのだ。しかも上位種だと本当に石になってしまう事もあるとか、アレンはその事を思い出しながら小さくため息を吐いた。

（まぁ対策は耳栓をするだけで良いっていう簡単な方法なんだが）

コカトリスの鳴き声対策はとても簡単である。要は鳴き声を聞かなければ良い。手で耳を抑えるなり、耳栓をするなりして鳴き声を防げば良いのだ。

アレンは冒険者だった頃もコカトリスとは何度も戦った事を思い出しながら懐から耳栓を取り出した。鳴き声に特殊な効果がある魔物はたくさん居る為、いざという時の為に常備しているのだ。ただし自分用だけ。

「……ん？」

いざ耳栓をしようと思ったその時、アレンは足跡が妙な事に気が付いた。この辺りから急に足跡が増えており、深く足跡が残っているのだ。つまり大急ぎで逃げていたという事である。

では一体何から逃げているのか？　巨体なコカトリスが逃げる程の魔物となると上位種の魔物が殆ど。だがそんな魔物はこの森にそう居ない。アレンがそう妙に思いながら足を前に一歩踏み出すと、パキリと地面の方から音が鳴った。

「これは……氷の結晶か？」

何を踏んだのかと思って足を退けて見てみると、何とアレンの足元には小さな氷の結晶が転がっていた。恐らく欠片であろう。自然に出来る物ではないその結晶にアレンは首を傾げ、いよいよ怪しくなってきた事を悟り、腰から剣をゆっくりと引き抜いた。

（何か妙だな……警戒しながら行くか）

この様子だとコカトリスとは別に強大な生き物が森に紛れ込んでいるらしい。アレンはコカトリスにも警戒しつつその謎の存在の方にも注意を向け、足跡が続いている先へと向かった。

そして前方を邪魔していた木の蔓を掻き分け、開けた場所に出るとアレンの目に信じられない光景が飛び込んで来た。

「……ッ！　なんだこれ？」

アレンの前方には巨大なコカトリスが居た。鶏の姿をしつつも尾は蛇の物で首回りも蛇の鱗のような物が残っており、気味の悪い見た目をした巨大な魔物。しかしそのコカトリスは羽を広げて威嚇する恰好を取りつつもピクリとも動かなかった。

何故ならばそのコカトリスは、全身氷漬けにされていたからだ。

「コカトリスが凍って……!?　いや、これは氷魔法か……こんな上位魔法を使える奴なんて……」

普通ならあり得ないような光景。アレンはそれを見てこれは人為的な物だと見抜き、何者かが氷魔法を使ってコカトリスを氷漬けにしたのだと気付いた。だが巨大なコカトリスをここまで完璧に氷で固める事など出来るのだろうか？　出来たとしてもそれは相当実力の高い魔術師という事になる。

アレンがそう想像して辺りを警戒していると、氷漬けになっているコカトリスの後ろから何者かが足音を立てながら現れた。

「そのコカトリスは私が氷漬けにしました。森の中を歩いてたら突然襲って来たので
……」

「……！」

真っ白な手で氷に触れながら白いローブを羽織った人物がそう言う。アレンは突然現れたその謎の人物に警戒しながら剣を構えたが、どこか違和感のような物を覚えていた。その人物の声をどこかで聞いた事があるような気がしたのだ。

「それにしても流石ですね。〈先生〉に教わった通り魔力作用を少し工夫すれば、少量の魔力でここまで強力な氷魔法を使えるようになりました」

「ッ……君は……」

白いローブを羽織ったその人物は懐かしむようにそう言いながらアレンの方に顔を向ける。フードの隙間から見えるその僅かな特徴を見てアレンの記憶はだんだんとその人物について思い出して行った。

かつて自分の最後の教え子だった一人。ルナと同じように魔法の才能を秘め、大人しいが優秀で頼れる存在だった彼女。その事を思い出し、気付いた時にはアレンは剣を下ろしていた。

「お久しぶりです、先生。ずっと探してました……」

フードを脱ぐと、その女性の容姿が露わとなった。雪のように真っ白な髪を肩まで伸ばし、同じく白い肌、そして透き通るような綺麗な水色の瞳をし、どこか妖精のような、普通の人とは違う容姿をした女性。

八年前の少女の頃とは違い、少し大人びている。だがあの頃の少し控え目そうな面影もしっかりと残っていた。

そう、彼女は八年前アレンが冒険者を辞めて街を去る時に挨拶をしてきたあの見習いの魔術師の少女である。

「へー、そうか。じゃぁ今は冒険者を辞めて目標だった魔術師協会に所属してるのか」

「はい、これも新米だった頃に色々教えてくれた先生のおかげです」

「いやいや、俺が君に教えた事なんて初歩的な事だけだろ」

リーシャとルナはやきもきしていた。現在リビングではアレンと見知らぬ女性が椅子に座りながら楽しげに話をしている。

真っ白な髪を肩まで伸ばし、水色の瞳をした、妖精のような雰囲気を漂わせる可愛らしい女性。当然リーシャとルナはそんな女性を村で見た事はない。明らかによそ者である。

そんな女性が自分達の父親と仲良さげに話をしているのだ。気になって当然だった。

「父さんと話してるあの女の人……誰？」

「さぁ、分からないけど……綺麗な人だね」

壁から顔を出して様子を見ながらリーシャとルナはそう呟く。

今までアレンは家に友達を招く事はあった。だが今回のような村の外からの訪問者を家に招くのは初めての事だ。ましてやアレンの過去を知る人物など二人にとっても初めての存在だった。

（あの人……凄い魔力を秘めてる）

少し警戒するようにルナはそう心の中で呟いた。

感じ取りづらいが彼女には凄まじい魔力が流れている。恐らく隠しているのだろう。魔王のルナでギリギリ分かるレベルだ。

ルナ自身も魔力を表面に出さないよう抑えているが、感知能力の高い魔術師はそれを見抜く事が出来る。ひょっとしたら自分の魔力もあの女性に見抜かれているかも知れないとルナは不安に思った。

「それにしてもシェル、よく俺がここに居るって分かったな」

アレンは用意したお茶の入ったカップを手に取りながらそう言う。

この村は山の奥にあって外界との接触も少ない為、訪れるのも旅商人か変わり者の冒険者くらいである。故にアレンは自分のかつての教え子であるシェルがよくここまで来られたと感心していた。するとシェルは恥ずかしそうに頬を掻きながら口を開いた。

「いえ……実はたまたまなんですよ。偶然立ち寄った西の村で先生の事を知ってる方が居て、それでここに辿り着いたんです」

シェル曰く直接この山を探していた訳ではなく、立ち寄った西の村で偶然アレンの事を聞き出し、それでこの山を登って来たらしい。その途中でコカトリスと遭遇し、氷魔法で討伐したという道筋だ。

「ずっと探してました……先生の事。先生が冒険者を辞めさせられた真実を知ってから」

ふとシェルは少し落ち込んだ表情をしながらそう言った。肩を縮こませ、申し訳なさそうな態度を取っている。アレンはそれを見てもいまいちピンと来ていなかった。

「真実……？」

「先生も覚えてるでしょう？　私と一緒にパーティーを組んでたあの男の冒険者の事。ちょっとお調子者だったあの人です」

「ああ……あいつか」

シェルに言われてアレンは顎に手を当てながらその人物の事を思い出す。

アレンが冒険者を辞めるちょっと前までパーティーを組んでいた冒険者の一人である為、その男の事はよく覚えていた。シェルの言う通りちょっとお調子者で、家が裕福な事から言動が上から目線だった男だ。

アレンもその男の事を思い出し、シェルはますます暗い表情になりながら話を続けた。

「あの人のせいなんです。先生が冒険者を辞めさせられたのは……彼がギルドの職員にお金を渡して、アレンさんが……」

恐らくアレンはこの真実の事を知らないままだったのだろうとシェルは思っていた。ギルドの職員が利用されている事を知っていれば街を去らなかったはずだからだ。だからシェルはこの事を伝えようと必死にアレンを探し続けて来た。だがいざ見つけて真実を告げようと思うと、胸が張り裂けるような気持ちに襲われた。アレンを傷つけてしまうのではないかと不安に思ったからだ。だが真実を聞いてもアレンはいつもと変わらない表情でお茶を口にしながら答えた。

「ほー、そうなのか」

「そうなん……って、え？　それだけですか？　もっと驚くとか何か……」

人生の分岐点とも言える冒険者ギルドを辞めさせられた真実を伝えたと言うのにアレンが薄い反応だったので、シェルは思わず自分が大きな反応を取ってしまった。

「いや、そう言われてもな。何せ八年前の事だし、実際俺も辞め時だとは思ってたし」

アレンは苦笑いを浮かべながら手を振ってそう答えた。

自分が騙されて辞めさせられたというのはショックな話だが、辞め時だったのは事実だ。周りはまだまだ戦えると言ってくれるが、それはあくまでも戦えるだけであり、継続的に依頼を受ける事は難しくなる。そうなると収入も不安定になり、生活のやりくりが厳しくなってくるという事だ。老いた冒険者はそういう点からも仕事を続けるのが困難になる。

だからアレンはギルド職員に戦力外通告を言われなかったとしても近い内に自主的に辞めるつもりであった。あの時の戦力外通告は後押しになっただけだ。故にアレンは今更その事を責めるつもりなどなかった。

「でもっ、アレンさんはまだ冒険者を続けられたんですよ!?　それなのにあの男がっ……」

「だから俺は気にしていないって。どうせ近い内に辞めただろうし、それに今の生活も気に入っているしな」

シェルからすればアレンが悪意のせいでギルドを辞めさせられた事が許せず、それを訴えた。しかし既に昔の事であり、事件についても気にしていないアレンが怒りを覚える事はなかった。

「今の生活……あの女の子達の事とかですか？」

チラリとシェルは壁の方から覗き込んでるリーシャとルナの事を見た。すると二人は慌ててその場から逃げ出してしまった。アレンは二人が恥ずかしがって逃げたのかなと笑みを零した。

「ああ、リーシャとルナって言うんだ」

「先生の……子供なんですよね？」

アレンは二人の名前を明かし、自慢の子供だと伝えた。するとシェルは少し目を細めながら何かを確かめるようにアレンにそう尋ねた。

ここで一度アレンは悩む。村ではリーシャとルナは自分の本当の子供という事で通っているが、シェルには何と答えれば良いだろうか？

村人達は王都で作った子供なのだろうと思って納得してくれているが、シェルの場合はアレンが王都でどのような過ごし方をしていたか知っている為、その嘘は少し通用しにくいかも知れない。

アレンはリーシャとルナがリビングから完全に立ち去った事を確認してから少し小声で喋り始めた。

「いや、実は二人共拾った子供なんだ。丁度俺がギルドを辞めてこの村に帰ってくる時に拾ってな」

改めてそう言うとアレンは自分も中々凄い事をしているなと実感した。仕事を辞めてすぐに二人の赤ん坊を拾い、八年間も育てて来た。普通の人間ならばそんな人生は送らないだろう。

「拾った子……そうですか……」

アレンの返答を聞くとシェルはどこか安堵したような表情をしていた。だがまだ何かを探るような目をしており、その綺麗な水色の瞳を光らせていた。

「二人共中々才能がある子達みたいですね。冒険者の頃みたいに先生が教えてるんですか？」

「ああ、リーシャは剣を。ルナは魔法をな。俺にはもったいないくらいよく出来た子達だよ」

流石は魔術師協会に所属しているだけあってシェルはしっかりと二人の才能を見抜いていた。

魔術師協会は魔術師だけが所属出来る組織であり、魔法の研究や魔術の根源を探る事を目標とした組織である。その為冒険者のようなただ戦うだけの魔術師では駄目で、魔力の感知能力や魔法の解析能力もなくては所属出来ない。この事からシェルがどれだけ努力したかが分かる。

「……分かりました。先生がもうギルドに戻るつもりがないのでしたら私も無理に誘いません」

少し考えた後、シェルは小さく息を吐き出してからそう答えた。

元々物分かりが良く、アレンの事を尊敬しているシェルは彼が嫌がる事なら無理に誘おうとは思っていなかった。また昔の頼りになるアレンが見られないのは残念だが、彼の今の幸せを壊す訳にはいかない。シェルはそう判断して引き下がった。

「その代わりしばらくこの村に滞在出来るよう村長に頼んで欲しいんです。一応私も協会の魔術師なので、調査を任されているので」

「ああ、それくらいならお安い御用さ」

シェルからのお願いなら断る理由はない。アレンは快くそれを聞き入れた。

だが一体何を調べると言うのだろう？　この村にはさして珍しいものなどない。という事はこの山周辺についてだろうか？　そう推測しながらアレンは気になったので質問してみる事にした。

「ところで、何を調査するんだ？」

「先日この山から少し離れた所でベヒーモスの死体が発見されましたよね？　アレの事で

少し不可解な点があるので、私が調査を任されたんです」

シェルにそう言われてアレンはそう言えばそんな大きな事件もあったと思い出した。

確かにそれならこの村を拠点に調べた方が効率が良いだろう。ベヒーモスの死体は既に撤去されているが、それでも痕跡は幾つか残っているはずだ。それを調べて検査するつもりなのだろう。

「しばらくはまた昔のようにお世話になりますね。先生」

椅子から立ち上がって律儀にお辞儀をしながらシェルはそう言った。

懐かしいやり取りだ。シェルがまだ新米冒険者だった時もこんなやり取りをした。依頼を受ける度に律儀な彼女は、丁寧にアレンにお辞儀をして宜しくお願いしますと挨拶していた。アレンはこのやり取りが懐かしくて微笑みながら快く頷いた。

シェルと視線が合って思わず逃げ出したリーシャとルナはとりあえず外に移動していた。家の中に居ると何となく落ち着かない為、クロと一緒に森の中へ向かう事にする。その方が人とも会わない為、落ち着ける気がしたのだ。

「父さんと仲良さそうだったね。あの女の人」

「話の内容からして、多分お父さんの教え子だったんだと思う。お父さんの事先生って呼んでたし」

アレンと楽しげに喋っていたシェルの事を思い出しながら二人はそう口にする。

シェルは二人から見ても綺麗な人だった。妖精のような雰囲気を纏っていて、綺麗な白い肌をしていた。美人と称せる女性だろう。そんな人が教え子と分かってても自分達の父親と楽しそうに喋っているのは子供の二人にとって落ち着かないものだった。

「あの人も魔術師なのかな？　ローブみたいなの羽織ってたし」

「うん……多分結構実力のある魔術師だと思う。魔力を隠してたから」

リーシャは頭の後ろで手を組みながら呟いた。別段興味もなさそうだが、話す事がないからとりあえず言ってみたという感じだ。その呟きに対してルナは小さく顔を頷かせながら答えた。

魔力を隠す程ならばそれなりに実力の高い魔術師という事である。アレンと話している時に魔術師協会という単語も出て来た為、本で読んでその組織の事を知っていたルナはシェルがどれ程凄い人間かを実感していた。

「はぁー、とりあえず父さん達の話が終わるまで遊んでよっと。父さんが呼びに来たら教えて」

ため息を零すとリーシャはそう言い、ぴょんと根っこを飛び越えながら森の奥へと進んで行った。また武者修行でもするつもりなのだろう。いつもの事なのでルナはそれを見送った。本当は心配なのだが、止めてもリーシャが言う事を聞いてくれない事は分かっていた為、諦めていた。

「リーシャは相変わらずだね。クロ」

「ワフワフ」

やれやれと首を振りながらルナは腰を下ろしてクロの毛を撫で、口にする。するとクロもそれに同意するように鳴きながらルナの頬を舐めた。

「私ももう少ししてから家に戻ろっかな」

クロの事を撫で、村に戻る道を一度見てからルナはそう呟いた。

今家に戻るのはあまり乗り気ではない。だからリーシャも森の奥へ行ったのだろう。気を紛らわせる為に。

最初あの女性をアレンが家に招いた時、アレンはいつものようにただのお客さんだと答えた。だが話の内容からして絶対にただのお客さんではない。アレンは後から説明するつもりなのだろうが、ルナは何となくその説明を聞くのが怖かった。だからしばらくここに居ようと思ったのだ。だがその時、ルナの後ろから足音が聞こえて来た。

「こんにちは」

「――――ッ」

それは先程の女性の声だった。思わずルナは勢いよく後ろを振り向く。そこには白いローブを羽織ったシェルの姿があった。クロもシェルの姿を見るとその場から駆け出し、森の中へと隠れてしまった。魔物の本能からシェルを見て逃げなくてはならないと悟ったのだろう。ルナは警戒しながら身体を起こした。

「ルナちゃん……だったよね？」

「はい……」

アレンとの話し合いの様子を見てシェルが悪い人ではない事は分かっていたが、魔王のルナはどうしてもシェルのような魔術師を警戒してしまう。特に魔術師協会のような人間だと勘付かれてしまうのではないかと不安に思った。

「んー……やっぱりちょっと隠してるよね？　感覚操作魔法と結界魔法を使ってるのかな？」

「……ッ!?」

突然意味不明な事を言われてルナはドキリとする。否、意味不明な事ではない。今シェルが言った魔法は現在進行形でルナが使用している魔法だった。

感覚操作魔法はその名の通り他者の感覚を操作し、別の感覚にする事が出来る。結界魔法は指定の場所に結界を張り、防御や封印と言った用途を行う事が出来る。それはルナは自分の魔力を隠す為に使用しているのだ。だがそれが見破られた。

「な、何を言ってるんですか……？」

「ああごめん。別に怖がらせるつもりはないんだよ？」

使用している魔法が見破られた事に警戒し、ルナは一歩下がりながらそう誤魔化した。だがそんなのが通用しない事は分かっている。まだ木の陰にはクロが潜んでいた。もしもの為に隠れているのだ。ルナはそれを確認しながら額から一筋の汗を垂らした。

そんな見るからに不安がっているルナの事を安心させようと手を上げながらシェルは話を続けた。

「自己紹介がまだだったね。私の名前はシェルリア・ガーディアン。魔術師協会に所属してる〈白の大魔術師〉なんだ。気軽にシェルって呼んで」

子供相手でも丁寧なお辞儀をしながらシェルは礼儀正しく自己紹介をする。それを聞いてルナは驚愕した。大魔術師という称号はルナでも聞いた事がある。

魔術師協会に所属している者が大きな功績を残し、実力を示した場合に与えられる地位。その称号を持つ者は王都にも数えるしか居ないと。簡単に言ってしまえば通常の魔術師の何倍もの実力を持ち、以前ルナ達が戦ったベヒーモスが相手でも難なく倒せる程の力を持った魔術師という事だ。

そしてルナが怯えているのを知ってから知らずか、シェルは優しい笑みを浮かべながらきょとんとした顔で尋ねて来た。

「ところでさ、ルナちゃんって……〈魔王〉だよね？」

言ってはいけない言葉をいとも簡単にシェルは言ってのけた。それを聞いた瞬間、ルナは日常が砕かれる音が聞こえた気がした。

番外編

白の少女の想い

アレンとシェルは師弟関係である。と言ってもギルドに所属する大体の新米冒険者はアレンに指導を賜《たまわ》っている為、正確には弟子の内の一人に過ぎない。ただし多くの新米冒険者がアレンを教官のように思うのとは違い、シェルの場合魔法の訓練に付き合ってもらったりと、他の者達よりもアレンと一緒に居る事が多かった。そう言った点からもシェルはアレンの事を師匠の様に慕う様になっていた。

「はぁ……中々上手く行かない」

「そう暗い顔するなって。むしろシェルは良い線行ってるぞ」

とある平原でシェルは座禅を組み、魔法の練習をしていた。その隣では立ってシェルの様子を眺めているアレンの姿があり、中々成功しない事に落ち込んでいるシェルを励ましていた。

「でも……先生は複数の属性魔法を使えますし、色んな魔法を知ってます。けれど私はまだまだ力不足です」

しかしシェルはそれだけでは元気を出す事は出来なかったらしく、益々暗い表情になりながらそう言った。

確かにアレンは何種類もの属性魔法を扱える。それは一般の魔術師からしたら中々に異常な事で。たとえ出来たとしても実戦には向かない初級魔法程度しか覚えられないはずなのである。しかしアレンは全ての魔法を戦いで使えるくらいのレベルにまで引き上げ、それらを完全に使いこなしている。それがシェルには眩しいくらいに羨ましかった。

「まぁ俺もそれなりに努力はしたからな……と言っても一つを極めた魔術師と比べれば俺もまだまだ子供みたいなもんだぞ？」

腕を組み、自身の無精髭を弄りながらアレンはそう言う。謙遜とかではなく、本当にそう考えているようだ。

アレンは幾つもの魔法を習得しているが、完全に極めたという物は一つもない。というよりも出来なかったのだ。だから彼はバリエーションを増やすという手段に出たのだが。しかしその事がよく分かっていないシェルはアレンの言葉に不思議そうに首を傾げた。

「それは……あまり想像出来ません」

「ハハ、そうだよな。まぁとにかく、教えておいてなんだが俺もそんなに凄い冒険者じゃないって事だ」

アレンは自虐的な笑みを浮かべながら申し訳なさそうにそう言った。

アレンは強い冒険者だ。だがそれはあくまでも平均から見ての実力であり、歴史に名を残す程の英雄という程ではない。その事はアレン自身が最も理解しており、自分がこれ以上先へ行けない事も痛感していた。もっとも諦めたというのとは少し意味合いが違うが。

「何にせよ、シェルの場合は才能があるんだ。いきなり高難易度の魔法なんかに挑まず、じっくりやっていけば良いさ」

座っているシェルの肩をトンと叩きながらアレンは労ってそう言う。その言葉を聞くとシェルも何だかほっと安心する事が出来た。いつもアレンの傍に居るとシェルは暖かい気持ちになる。それを表に出す事は決してないが。出来ればもう少しだけ、距離を感じない話し方が出来たら良いなと考えていた。

「じゃぁ、これからも付き合ってもらってもいいですか……？　練習」

「ああもちろんさ、いくらでも付き合ってやるよ」

シェルが少し緊張気味にそう尋ねると、アレンは満面の笑みを浮かべながらトンと自身の胸を叩いた。その頼もしい姿を見てシェルも笑みを零し、再び魔法の練習を開始した。

あとがき

初めまして、そうでない方はお久しぶりです。チョコカレーです。
この度は「おっさん、勇者と魔王を拾う」をお手に取って頂き誠に有難う御座います。

ここでは「おっさん、勇者と魔王を拾う」の初期案のような物を書き残したいと思います。
元々この作品は元冒険者が勇者を拾うか、魔王を拾うかのどちらか一人を拾うという物を構想しておりました。ただ勇者と魔王という宿敵同士が身近な関係になる、という物語も書きたかった為、それなら両方とも拾っちゃう事にしようという事でこの作品が生まれました。ですので初期案では勇者であるリーシャと魔王であるルナも仲が悪く、父親のアレンが見ていない所でいがみ合っているという今では考えられないような関係でした。個人的にはこういうのもアリかなぁと思っていたのですが、リーシャとルナが種族の壁を乗り越えて困難に立ち向かっていく方がドラマが生まれるかなと思い、今の形に落ち着きました。本編のリーシャとルナの初会話でルナがやたら暗いのはその名残ですね。

今作には主人公が複数居ます。アレン、リーシャ、ルナの三人です。元冒険者の父親としての視点、勇者として困難に立ち向かう視点、魔王の宿命に苦難する視点とそれぞれ違う見方で物語は進んで行きます。特にルナは魔王としての立場もある為、これからの物語の大きなキーパーソンとなります。

ルナが悩んでいる反面、リーシャは細かい事は気にせず自分の気持ちを優先します。その為勇者の使命など気にせず魔王のルナと接する為、二人は良い具合に違いのあるキャラになったんじゃないかなと思います。


後半で登場したシェルも物語に関わってくるようになります。最初はアレンの後輩冒険者の一人という感じだったのですが、外部の関わり合いも欲しいと思い、結構主要なポジションになる事になりました。彼女にも過去があり、今後アレンと出会った経緯などが語られるかも知れません。個人的にイラストもかなり気に入っている為、ｍｉｙｏ．Ｎ様には感謝感激です。本当に有難うございました。

最後にこの本をお手に取ってくださった皆様、本当に有難うございました。今後とも「おっさん、勇者と魔王を拾う」を宜しくお願いします。

おっさん、
勇者と
魔王を拾う
2
チョコカレー
イラスト
miyo.N
今冬発売予定！

大好きな父親に女性の影が……
2人の胸中はいかに!?

おっさん、勇者と魔王を拾う

2018年8月1日　第1刷発行

著　者　チョコカレー

発行者　本田武市

発行所　TOブックス
〒150-0045
東京都渋谷区神泉町18-8　松濤ハイツ2F
TEL 03-6452-5766（編集）
0120-933-772（営業フリーダイヤル）
FAX 050-3156-0508
ホームページ　http://www.tobooks.jp
メール　info@tobooks.jp

印刷・製本　中央精版印刷株式会社

ISBN978-4-86472-710-5